全劇本及舞台劇影像寫眞書

熱帶天使

Tropical Angels

林孟寰——著

推薦序 — 建構一座想像的劇場

詩人＼國藝會董事長　向陽

　　林孟寰是台灣相當傑出的新世代作家，從年輕時就開始文學創作，取得臺灣大學戲劇學系劇本創作碩士之後，揮灑才華，在劇場編導與影視編劇上迭有佳構產出，他創作的舞台作品有《嫁妝一牛車》、《野良犬之家》等二十餘部。另有電視劇《原來1家人》與《通靈少女》等，《通靈少女》曾入圍電視金鐘獎迷你劇集最佳編劇。他的《A Dog's House》曾獲臺北文學獎劇本首獎，《小潔的魔法時光蛋》與《魔神候補生》獲台北市兒藝節劇本首獎，《畢業紀念冊》獲香港青年文學獎劇本獎。此外，他的舞台編導作品《Tip Tap Dog》曾在日本橫濱上演，《同棲時間》也獲「Road to Tokyo: Tokyo Festival」之邀在日本東京演出。《熱帶天使》則是他在擔任臺中國家歌劇院駐館藝術家時，以四年時間精心打造的音樂劇作品，在北中南盛大公演，演出後備受各方肯定。

　　本書《熱帶天使 —— 全劇本及舞台劇影像寫眞書》是一本奇特而且有趣的書，最初的文本取自台灣小說家、詩人陳千武的名作小說〈獵女犯〉，小說發表於 1976 年，獲得 1977 年吳濁流文學獎的肯定。這是一篇自傳性的小說，以陳千武在日治末期被徵調爲「台灣特別志願兵」派往東南亞的戰火餘生爲題材寫成，描述一位台籍青年林逸平在二戰期間被徵召到南洋戰場，和當地被日軍徵召爲慰安婦的賴莎琳相遇的故事，情節細膩感人，通過林逸平和賴莎琳同爲被殖民者的相憐相惜，以及因此產生的情愫，見證被殖民者的無奈和悲哀，已成爲台灣小說經典作品。

第二個文本，就是經由林孟寰重新詮釋，搬上舞台的劇本，通過音樂劇《熱帶天使》的演出，更讓陳千武的小說展現了全新的生命。陳千武的〈獵女犯〉和林孟寰的《熱帶天使》劇本，互為對照，一是台灣跨語言世代作家的南洋回憶，一是八〇後新世代作家的重新詮解。兩種文本從紙面到舞台，交會出了令人感動的光彩。

　　如今，林孟寰再將他創作的劇本，以類小說的敘事方式，結合原劇本的對話，增添細節，形成第三種文本，既有閱讀小說的趣味，又有劇場演出的畫面，呈現給讀者「劇場小說」的閱讀形式，也開啟了文學創作的新手法和空間，創意十足，叫人驚艷。這本書因此就不只是劇本而已，還是一如書名所強調的「劇場寫真」，用文字和創作形式建構了一座想像的劇場，可以讓讀者通過劇中主角的對話、音樂劇對唱的歌詞，以及穿插於對話（或歌詞）段落中的小說情節敘事，進入融小說、音樂與戲劇於一書的想像劇場。這是本書最讓人亮眼的部分。

　　很高興能先睹《熱帶天使》劇本書，回味音樂劇《熱帶天使》演出的畫面，對照陳千武的小說、林孟寰的劇本，更能感受這本書周延、深刻、豐富的文本再現力道。新世紀後，文學閱讀式微，也有被影像和表演藝術取代的趨勢，林孟寰嘗試將已經演出的音樂劇以小說敘事和對話來重現，強化本劇深沉的內在性和感染力，更是值得喝采與肯定。

推薦序 — 文學傳統的縱深：序《熱帶天使》

作家　朱宥勳

　　讀《熱帶天使》劇本書的過程裡，我一直想到某次演講時，聽眾所提的一個問題。那一次，我們講到日治時期和戒嚴時期的兩波政治壓力，使得台灣文學的傳承異常艱難，時不時有覆滅的危機。於是，一位聽眾憂心忡忡地發問：「台灣文學什麼時候，才能形成自己的傳統呢？」

　　如果《熱帶天使》早幾個月出版，我的回答裡一定會包含這本書的。所謂「文學傳統」是什麼呢？並不是人們背誦了一大堆文學史資料，知道賴和、龍瑛宗、鍾肇政、鄭清文。「知道」只是開始，真正重要的是「對話」——後世的創作者，會用自己的觀點去致敬、回應，乃至於顛覆、改寫過去的文學作品；並且，後世的文學讀者也能理解創作者在幹嘛，或者會心一笑、或者另有觀點。

　　簡言之，我認為一個健康的「文學傳統」，便是「自己的前輩自己對話」。這種對話可以是嚴肅文學的典故傳承，比如西方文學作品屢屢回溯《聖經》和希臘羅馬神話；也可以是輕盈的化用，比如美國作家寫《傲慢與偏見與殭屍》，或日本漫畫家吉永史以《大奧》逆轉幕府時代的性別結構。在這樣的對話裡，「舊」的作品會成為「新」世代創作者的靈感來源，不斷激盪出下一部作品。如此，文學傳統便能如滔滔大河，在時間裡傾瀉而下。

用這個觀點來看，《熱帶天使》毫無疑問是繼承了台灣本土文學的傳統。林孟寰改編陳千武《獵女犯》為音樂劇，將這段台灣珍貴的戰爭記憶帶回當代讀者視野。同時，只要我們比對林孟寰的劇作與陳千武的原作，也能清楚看到林孟寰本身的觀點，清晰地貫穿其中：比如原作並沒有「小偷」或「吉本」這樣輕鬆詼諧的角色，原作的松本准尉雖然與林逸平有肉體關係，但劇中進一步加強了松本的情感曲折。甚至，在角色互動、軍隊運作的細節上，《熱帶天使》也是當代敢大於歷史還原。種種改動，讀者可以各有喜好，但林孟寰並不只是亦步亦趨「把小說搬上舞台」，而有自身的創作觀點和對話企圖，是毋庸置疑的。

　　從小說到劇本，從日治時期到戒嚴時期再到當代，正是在媒介、時代與觀點的不斷跨越裡，我們的「文學傳統」才能形成，並且日益茁長。《熱帶天使》開場氣勢磅礡的序曲〈在1940〉，並不只是引領我們穿越時空，回到過去而已。所有歷史都是當代史，所有文學創作也都是說給當代人聽的，它帶給我們的更是「在2023年當下，我們去回望1940年代」的縱深。

　　不必問台灣文學「何時」才能形成自己的傳統。用自己的觀點，心無旁騖地做下去，傳統自然會在「當下」立即浮現。我由衷開心，能看到陳千武《獵女犯》塵封多年之後，不但有新版原著，更有《熱帶天使》的音樂劇及劇本書出版。時間在延長著，好作品是能一關一關闖過每一代人的心靈的。是為序。

推薦序 ─ 《熱帶天使》就是震撼！

資深歌手、演員　楊烈

《熱帶天使》對我來說，就是震撼！

一部讓我驚艷感動的音樂鉅作！

一群勇敢、努力、一生懸命，啟動智慧與情感，用心將陳千武老師的紀錄回憶小說改編完璧，超值的編導，製作出這麼令人動撼，深刻於心的音樂劇。

所有幕前幕後工作者、現場技術指導、總導、音樂製作演出的老師們，都聚精會神輔成巨大精彩的戲劇張力，而透過演出人員的真情流露，全神貫注地把文字譜成動人的生命。

能得推薦此書此劇，實屬我的榮幸。參與演出時每一場，包含正式和彩排，我都非常用心在觀看，每一場都是同樣的感受：感動、喜笑、落淚。這一齣音樂劇，讓你的七情六慾都活躍了！

書！買來劇場看看。劇，走進劇場看看！你一定會很高興地告訴大家──實在很讚！

導讀 — 漂泊離散的熱帶記憶：
《熱帶天使》評析

國立基隆女中英文科教師　李宜峯

　　台式音樂劇《熱帶天使：獵女犯 1940s》企圖移植美國百老匯音樂劇模式在台灣扎根，同時植入在地元素，無論在舞台、燈光、服裝等設計，抑或是台語腔調及用字，搭配字幕顯示以利觀眾理解，均可看見藝術總監雷昇與導演林孟寰的匠心獨運及巧思。

　　本劇改編自詩人及小說家陳千武的作品《獵女犯》，該小說是台灣文學史上罕見的戰爭小說，是受日語教育的作家在二戰後以中文嘗試的創作，乃匯集眾多族群故事的時代悲歌，描繪大時代下的小人物，隨著劇情開展與人物間的對話，帶出日治時期對台灣實施的皇民化運動，並且徵召台灣特別志願兵至南洋擔任軍伕，強擄其所統治各國的女子作為慰安婦，涵蓋的時間、空間維度之廣，在那個後殖民的跨語世代，這樣的文學作品實屬上乘。如此具深度和廣度的小說作品，要將之搬演以舞台劇的形式呈現，難度之高可想而知，也證明總監和導演的創作能力之優。

　　幕啟伊始，安琪接到父親的越洋電話，在話家常之餘，父親起心動念，開始創作有關那段 1940 年代他至南洋當台籍日本兵的歲月。後殖民論述鉅著《逆寫帝國》的作者 Bill Ashcroft et al. 針對「後殖民」開宗明義闡釋：「其涵蓋由帝國進程所影響的所有文化，從殖民的那一刻迄今。」文化研究學者 Homi K. Bhabha 在其理論名著《文化的場域》中言明：「後殖民主義觀

點產生自第三世界國家的殖民證言，以及東西方、南北方的地緣政治劃分中的少數族裔論述。」劇中的父親作家，也就是林逸平的晚年時期，非但是從殖民地（第三世界國家）逆寫日本軍國主義的帝國，更是從南洋逆寫東洋，從邊陲逆寫中心，從一名身分認同錯亂、時空錯置的台籍日本軍伕晚年，逆寫不服皇民化運動的叛逆少年。

當皇民化運動如火如荼進行，卑微的被殖民者台灣人民被迫要改名換姓，使用日本語，宣示對天皇效忠，這對當時就讀台中一中的林逸平而言是多麼屈辱之事。語言及姓名即是一個人的身分認同，當語言學舌（mimicry）、進而混雜（hybridity），被殖民者成了重要他者（the significant Other）、異化他者（the otherized Other），其身分認同因而產生斷裂，造成矛盾心理（ambivalence）及二元性（duality），而殖民者終究被視為可靠真實的（the authentic）與威權的（the authoritative）。因此，語言即身分認同這樣的隱喻，在後殖民論述、在《熱帶天使》中大量地被探討。作家朱宥勳為《獵女犯》所撰的序文中寫道：「如此層層疊疊的族群因緣，最終卻讓賴莎琳成了拷問台灣人心靈的角色—如果你是日本人，為什麼你會講『我們的話』；如果你不是日本人，你為什麼要幫日本人來掠奪我們？」她的扣問，明白地指出像林逸平這樣的台籍日本軍伕，被迫參加一場自己根本不想打的戰爭，身在南洋熱帶，遇見同樣會說「福佬話」的慰安婦賴莎琳，因林語言身分認同的意義不明確（ambiguity），而備受質疑與自我懷疑的尷尬處境。

此外，慰安婦議題在劇中亦被細膩呈現。第四幕，當賴莎琳因屢次逃跑被捕，落得被單獨監禁的下場，她在被監禁時獨唱〈我上婿的夢〉：

我的心，比海閣較闊；

我的未來，比天閣較大！

我的人生，著愛自由唱歌；

我上婿的夢，才拄開始爾爾（niâ）！

〔…〕

我煞予人（h ng）掠來到遮，

我的人生、我的未來，嘛已經全無影……。

我上婿的夢，夢醒煞來全全空。

美夢內底，敢閣是我，我的內底，敢猶閣有夢？

　　賴莎琳在歌唱之時，演繹慰安婦的無奈與絕望，此時她被監禁的倉庫道具是被分開放置的，象徵她在做「上婿的夢」時，突破命運牢籠，打破現實藩籬，但同時也象徵她的靈魂與肉身，已經被踩蹦得支離破碎，體無完膚，已非過往那完整的一個人。

　　即便遭逢不幸、身處人間煉獄，賴莎琳對於天父、天使、以及南十字星的信念卻絲毫未減，她不時地向天父禱告，卻未發現始終看顧著她的那位天使，其實就是林逸平。事實上，本劇的英文譯名為 *Tropical Angels*，意謂著天使不僅僅只有一位，而天使的意象在本劇中，反覆地以「人」的形象出現，每個人都可能成為他人的的天使，例如：在林逸平收到妹妹月里來自台灣的絕筆信後，絕望不已，此時，蔡香腸（吉本）和賴莎琳即是他的天使，挽救他於自戕的深淵；蔡香腸雖是個丑角，在劇中偶以詼諧逗趣的台詞使人發噱，但在南洋島嶼遇見同樣來到異鄉的朝鮮慰安婦雪子，戰火中的歲月因為雪子天使的出現，令蔡人生燃起希望。

然而，劇情在第十六幕時倏忽轉折。在昭和天皇的玉音放送下，日本宣告戰敗投降，劇中主要角色們卻頓時無法抽離戰爭持續的執念，其中以日本軍官松永為甚，口中念念有詞：「戰爭不能結束。」或許是在那充滿瘴癘之氣的熱帶島嶼待久了，松永迷失了自我，盲目效忠天皇，成了化外之民，繼而灰心喪志，最終切腹自盡。無獨有偶，吉本在失去雪子天使後，精神異常，徘徊遊蕩。更糟的是，戰後的台籍日本兵有家歸不得，成了失根的國際孤兒，更成為無情戰火下二次失去身分認同的離散者。此時眾人齊唱的「活咧轉去／彼個袂閣轉來的，當初時」便是最奢侈的企盼，而歌隊的加入演唱，更強化絕望感，亦使歌曲意義及角色摹寫更為立體化。

　　如果說《獵女犯》是陳千武對大時代烽火下各種荒謬的反動，尤其他本身曾被迫徵召為台灣特別志願兵，更加深作品的反動力道，那麼《熱帶天使》便是反動的重演，拒抗這世代的各種不公不義，無論種族、語言、階級、性別……等歧視，更是那段悲慘歷史的重述與再現，台灣人需要知曉更多屬於這塊土地的故事，而《熱帶天使》便是用極具戲劇張力的藝術語言和畫面敘事，拼湊出那一塊漂泊離散的熱帶記憶，令人在曲終人散後沉浸醞郁，含英咀華。

（本文原刊載於《文學台灣》127 期，2023 秋季號）

《熱帶天使》版本及體例說明

收錄版本介紹：

本書係以編劇林孟寰改編自陳千武先生小說《獵女犯》之原創音樂劇劇本為底，考量劇本形式對一般讀者較為陌生，以及紙本無法盡現舞台聲光效果等，劇本將以類似小說的敘事形式加以改寫，增添細節，並刪除劇場演出功能性的說明文字，以增加閱讀樂趣。

本書收錄的內容，以完整創作劇本為主。實際演出版本則考量呈現效果而有所增減調整，與創作劇本有若干差異。有興趣進一步瞭解版本差異的讀者，可以參考附錄之「演出場次表」。部分歌詞因考量易讀性而有所精簡，完整版本可參照《熱帶天使鋼琴人聲選粹樂譜》。

若有個人和團體計畫以任何形式製作本劇，需要參酌或使用演出版劇本，煩請與作者接洽相關事宜。

本書體例說明：

本書改寫自音樂劇劇本，文字編排分成三部分：

一、對話

以「**姓名：**」方式標示發話者，下接說話內容。

二、歌詞

以置中 ♪**姓名** 方式標示演唱者，下接歌詞內容。

歌詞在音樂劇中等同「對話」或「獨白」的功能，以詩歌分行形式置中呈現。音樂部分可以參考連結影音、演出原聲帶或樂譜。

三、情境說明

以小說式的文字書寫，穿插在對話與歌詞間，說明時空環境、人物處境，以及補充相關文史資訊。

另外，台語的對話與歌詞，將以橘色標示在後。本書台語文字主要以教育部建議用字為準，並標示輕重音（「--」），部分以台語羅馬字拼音註明讀音。

第 一 幕 *First Act*

第二幕 *Second Act*

第一幕 *First Act*

我底死，埋在南洋，

忘記帶回來……。

第一場 — **故事的開始**

1978 年末，台中。

作家在書齋專注地寫作，他伸手搔了搔頭，幾絲沾染星霜的白髮悄悄地飄落。

昏黃的檯燈微微照亮層架上、書案上堆放的書籍和稿件。作家慣於反覆抄寫文章，報章書刊上他人的美文也好，自己稚嫩的習作也罷，好似透過每次抄寫，這些陌生的語言和文字，就更認識自己一些。

沙沙、沙沙……。

一筆一畫，筆尖在稿紙上來回不輟，每一顆文字彷彿都在發出粗礪的吶喊。

殺殺、殺殺……。

在稿紙方格間攻城掠地的文字，在作家腦海中宛若變成了戰地隆隆砲火。

作家：狼煙、戰火、茫霧，平和的生活變成空笑夢。 你，會對所愛的人講啥 -- 咧	狼煙、戰火、霧靄，當和平生活化做夢幻泡影， 你，想要向所愛的人說什麼？

地球的另一端，深冬的紐約，窗外飄著雪雨。

打扮入時的安琪，靠坐在租屋處的床榻上，同樣只有一盞檯燈照亮著她，以及堆放在房間角落抗議用的木牌和大字報。

她煩悶地彈撥著吉他，時而撥弦，時而停下，在樂譜上筆記了幾顆音符，又挫折地塗掉。最後她放下鉛筆，閉上眼睛，深呼了一口氣，彈唱起心中的曲調——

♪安琪
想唱出，我真正的聲音。
卻找不到，自己到底在哪裡？
我是誰？該往哪去？
想重新，認識我自己——

不解風情的電話鈴聲戛然響起，室友敲門呼喊安琪接電話。靈感被打斷的安琪原本不想理會，想繼續捕捉方才那些音符。一聽說是父親撥來的越洋電話，立刻從床上躍起，接起電話分機，作家的聲音從話筒流洩而出。

作家：Angeru？紐約遐天氣真冷 --
矣 -- 平？恁媽寄 -- 過的外套
敢有夠燒？

> 安琪，紐約那邊的天氣變冷了吧？
> 妳媽寄去的外套夠不夠保暖？

安琪：爸，我攏大人大種 -- 矣，免
煩惱 -- 啦。

> 爸，我都老大不小了，別擔心。

作家：哪有影？你頂擺佮同學出去
遊行抗議，毋是就圇著風
感 -- 著 -- 矣。

> 是嗎？上次妳和同學出去遊行抗
> 議，不是就著涼感冒了。

安琪：媽真的是大嘴巴……。爸，

我感冒都好了，你不用擔心。

作家：你公費留學 -- 的，就照起工　　　妳是公費留學的，就照本份好好地
好好仔讀冊，閒仔事莫管。　　　　讀書，不要多管閒事。

安琪：上街哪是什麼閒事啊！而且
美國怎麼可以這樣？說斷交
就斷交，這樣我們以後怎麼
辦啊！

作家：抑若無是會當按怎？咱無像　　　不然還能怎樣？我們不像那些有錢
彼寡好額人，包袱仔款款 --　　　人，可以把行李收一收就飛去國
咧就會當飛去國外，就算真　　　外，就算真的出大事，我們還是要
正出大代誌，咱嘛愛食穿過　　　過日子。
日。

安琪：但如果明天他們就打過來了
呢？

作家：哎……台灣就若孤兒予人　　　台灣就像孤兒被人推來推去，昨天
（h ng）揀來揀去，昨昏　　　是日本，今天是中華民國，說不定
（tsăng）是日本，今仔日是　　　明天就變天了——
中華民國，無的確明仔載閣
變天 -- 矣——

安琪：按呢我規氣死死煞煞 -- 去！　　　這樣我乾脆去死算了！

作家：烏白講啥物死毋死 -- 的！　　　亂講什麼死不死的！你們年輕人沒
恁少年人無看過戰爭，攏毋　　　看過戰爭，都不曉得生命有多珍貴。
知影性命有偌珍貴！

安琪：我就不知道啊！從小你什麼
都說「莫管、莫管」——爸，　　　別管、別管

台語	華語
你敢知影，我來到國外予人問起「Where are you from? Where is Taiwan? What's Taiwan?」我才發現我其實啥物都毋知。我無家己的故事、我嘛毋知影台灣的過去……，我毋知影我家己是啥人（siáng）。	爸，你知道嗎，我來到國外被人問起，你從哪裡來？台灣在哪裡？什麼是台灣？我才發現我其實什麼都不知道。我沒有自己的故事、我也不知道台灣的過去……，我不知道自己是誰。
作家：過去就予伊過 -- 去，無啥通好講 -- 的。	過去就讓它過去，沒什麼好說的。
安琪：爸,你不是一直說想當作家,為什麼不從寫自己的故事開始?。	
作家：講來話頭長，以後閣講 -- 啦。	說來話長，以後再說。
安琪：拜託啦 ——	拜託啦——
作家：好 -- 啦、好 -- 啦,敲國際足貴 -- 的,按呢就好,愛會記得穿較燒 -- 咧。拜拜,拜拜。	好了好了,打國際電話很貴,就先這樣,要記得好好保暖。
安琪：爸 ——	

作家掛斷電話，獨自面對書齋中靜默的空氣。

「作家」是他給自己定下的目標。他迫切地渴望書寫，將這動盪的半世紀以來，那些親身遭遇的所見所聞，都化成永恆的文字。但生在日本殖民統治時代的他，執筆書寫這微不足道的心願，在經歷一場戰爭後，卻變得

何其困難。

　　新的政府，陌生的統治者，開啟一個與前朝迥異的時代；新的語言，若遠似近的文字，讓滿腔熱血的他爲之卻步。作家有時不禁感嘆：語言緊緊鑲嵌於生命，決定了一個人的所思所想。當抽換了語言，是否就是另外一段人生的開始？

作家：……當初時，佇彼場戰爭，我已經死過一擺 -- 矣。	當年，在那場戰爭，我已經死過了一回。

　　作家嘆了口氣，從抽屜裡拿出一只鏽跡斑斑的十字架。

作家：這個故事，是欲對佗位開始講 -- 咧？……南洋……熱帶島嶼……一个天使，將我對地獄炁倒轉 -- 來……。	這個故事該從哪裡開始說起？……南洋……熱帶島嶼……一位天使，將我從地獄帶了回來……。

　　作家陷入回憶之中，在虛實交錯的光線中，少年時代的作家 —— 林逸平，帶著他青春颯爽的笑容，從回憶深處走出。作家看著自己的幻影，臉上神情既是驚訝，同時又滿是懷念。

作家：眞久無想起你 -- 矣，少年時的我。	很久沒想起你了，年少的我。
逸平：你啥物時陣欲開始講咱的故事？	你什麼時候要開始說我們的故事？

作家：猶毋過，我講故事的氣力，攏留佇過去彼个講日本話的時代……

不過，我說故事的力氣，都留在過去那個說日語的時代了……

逸平：共日本語換做北京話，予咱的故事閣重新活過一擺。

將日語換成華語，讓我們的故事重新活過一次。

作家：『將日語，換成國語，讓我們的故事，重新活過一次……。』啊，莫講要笑 -- 矣，我無法度！

啊，少開玩笑了，我辦不到！

逸平：都學二十幾冬的『國語』 -- 矣，無問題 -- 啦！── 用『國語』，把我們在一九四零年代的故事說出來吧。

都學了二十幾年的「國語」了，沒問題的！

歌曲｜在 1940

♪作家

我底死，埋在南洋，

忘記帶回來……。

一場戰爭，一刀割 -- 開，
我的人生，到底佇佗位？

一場戰爭，一刀割開，
我的人生，到底在哪裡？

我的死亡，留佇南洋，　　我的死亡，留在南洋，

　袂記得紮 -- 轉 - 來……。　　　忘記帶回來……。

一生兩世，我的過去，　　一生兩世，我的過去，

　到底佇佗位？　　　　　到底在哪裡？

　　回憶中的人們逐一浮現在作家眼前：穿著制服的少年、清秀洋裝的少女、軍服筆挺的軍官、一身優雅和服的女人……，他注視著這些曾經熟悉、如今卻又已經遠去的面容，不禁唏噓。

作家：上輩子說日語的我。

逸平：頂世人講日本話的我。　　上輩子說日語的我。

作家、逸平：私はだれ？　　　　我是誰？

作家：這輩子講國語的我。

逸平：這世人喙唸北京話的我。　　這輩子口說華語的我。

作家、逸平：我，是誰？

在 1940，

有我們活著的證明。

♪莎琳

在 1940，

♪逸平

我們在這裡相遇。

♪歌隊

在 1940，
誰的故事裡？

♪作家／逸平

沒有我，說話的聲音。
找不到，活著的證明！

♪全體

我底死，埋在南洋，
忘記帶回來。

♪歌隊

我不想忘記——

♪作家／逸平

一場戰爭，一刀割 -- 開，　　　一場戰爭，一刀割開，
我的人生，到底佇佗位？　　　我的人生，到底在哪裡？

我底死，埋在南洋，

忘記帶回來！

就讓我用這枝筆，

將一切，

寫轉去過去──　　寫回到過去──

作家被年少時的自己所鼓舞，提起勇氣，一步步走向記憶最深處，那個消逝在歷史洪流中，時代劇烈變動的 1940 年代。

〈在 1940〉

一「眞久無想起你⋯矣，少年時的我。」

一「上輩子說日語的我。私はだれ？」

「在一九四〇，有我們活著的證明。」

「在一九四〇，沒有我說話的聲音。」

「在一九四〇，誰的故事裡？」

「就讓我用這枝筆，將一切，寫轉去過去。」

27

第二場 — **躍動的時代**

1941 年，台中州立台中第一中學校。

這間全台唯一以「一中」爲名，卻以收台灣本島人學生爲主的學校，當初由中部仕紳賢達發起興建，從此建立了光榮的傳統。在這草木扶疏、黌舍巍峨的校園裡，本該洋溢青春活力的喧鬧，此時卻杳無人聲，只有充滿肅殺的蟬聲鳴噪。

一列學生直挺挺地站在操場毫無遮蔭的烈日下。一身威嚴制服的教官，沉默地在他們面前來回踱步。學生們渾身熱汗流淌，刺眼的陽光令人幾乎無法睜開眼睛，隨時間一分一秒的經過，他們逐漸感到昏眩⋯⋯。

教官：反對連署書？你們好大的膽子！

教官舉起手中緊握的竹劍，直抵著學生們汗濕的背質問道。

教官：誰出的主意？是你嗎？還是你？

見衆人都低著頭，悶不吭聲，他立刻揮舞竹劍，頓時學生們的哀嚎此起彼落。

自從太平洋戰爭開始，學校便奉行國策，加緊推動「皇民化運動」的腳步。師長鼓勵學生舉家改名換姓，成爲與日本人無異的「國語家庭」。儘管這群一中學子打從出生就身處日本殖民統治時代，從小浸濡於日語和日本文化之中，但頑強的民族氣節，卻並非如此輕易就能抹殺。

爲此，身爲柔道社主將的林逸平，夥同校園其他社團的領頭人物，熱血地發起了抵制行動。儘管他們的計畫由於走漏風聲而夭折，但他們深知：此時此刻，誰都不可能出賣彼此，只能咬緊牙關，忍耐到底。

教官：都不承認？那我就打到你們說話爲止。

　　站在隊伍中的林逸平再也忍無可忍，高高舉起手。

逸平：是我！教官。

　　教官停下正要揮落的竹劍，冷冷笑著走向渾身微顫的林逸平。
　　衆人詫異地看向他：這傻小子，他在搞什麼東西呀？

教官：林逸平同學，天皇陛下體恤殖民地，特別恩准台灣島民改換日本姓名。但你是怎麼一回事？改姓はやし，成爲一個堂堂正正的日本人，不好嗎？

　　林逸平沒有回應。儘管日本姓氏裡也有「林」，但被唸成「はやし」後，無異是抽去了文化根源，成爲沒有靈魂的軀殼，這點他完全無法接受！
　　教官邊說邊掌摑林逸平的臉頰，想逼他從嘴裡吐出些屈服的話語，也許一切就還有轉圜的餘地。但他只是握緊拳頭，用盡全力克制胸口熊熊燃燒的憤怒，他知道自己內在那頭蠢蠢欲動的猛獸，一旦脫枷而出，就再也沒有回頭的路。

教官：はやし！

逸平：……我毋是。	我不是。
教官：你說什麼？	
逸平：我是林逸平……，我姓林， 　　　　母姓はやし！	我是林逸平……，我姓林，不姓は やし！

　　儘管聽不懂林逸平脫口而出的殖民地語言，教官卻完全接收到他忤逆的惡意。盛怒之下，他將竹劍重重揮擊向林逸平，但一眨眼間，只見逸平矯健地抓住教官的手臂，一記過肩摔，將教官擲落在地。所有人瞬間愣住，不知所措。

逸平：反對改名換姓！	反對改名換姓！

　　逸平高聲呼喊，像要對整個歪斜的時代宣洩他的不平之鳴！

歌曲｜時代袂當改變我的名

♪逸平

憑啥物改變我的名，我的字，	憑什麼改變我的名，我的字，
改變我的過去？	改變我的過去？
憑啥物接受你拍 -- 我，	憑什麼接受你打我，
你罵 -- 我，你踹 -- 我，攏無要無緊？	你罵我，你踹我，都無關緊要？
我徛佇遮，我 _ 就是我，	我站在這，我就是我，
毋管時代怎變化！	不管時代怎麼變！
我徛佇遮，我 _ 就是我，	我站在這，我就是我，
時代袂當改變我的名！	時代不能改變我的名！

時空快速地流轉，此時的逸平已畢業離開校園。由於在校期間留下了不良紀錄，無法繼續升學的他，成為麻布袋廠的搬運工人。

　　工頭不斷厲聲喝斥動作加快，然而林逸平他們肩上的布袋，在吸飽工人們的汗水後，彷彿變得更加沉重。

♪逸平

紅色日頭跤，靈魂暗淡，只賰烏影。	紅色太陽下，靈魂黯淡，只剩黑影。
你會使覕，會使藏，	你可以躲，可以藏，
會使佯生（tènn-tshenn）騙別人。	可以裝傻騙別人。
但是你騙袂過自己——	但是你騙不過自己——
咱毋是二等公民，	我們不是二等公民，
嘛毋是出世注定替人死！	也不是生來當替死鬼！
我徛佇遮，我就是我，	我站在這，我就是我，
毋管時代怎變化。	不管時代怎麼變。
我徛佇遮，我就是我，	我站在這，我就是我，
時代袂當改變——	時代不能改變——

　　這時，在校期間曾關照過林逸平的蔡香腸學長，穿著一身挺立的「國民服」，冷不防地從背後出現，著實嚇了他一跳。

吉本：可憐呀！

逸平：是你 -- 喔，蔡煙腸。　　　是你喔，蔡香腸。

吉本：講、國、語！

　　他乾咳一聲，裝模作樣地立正站好，好似在地方宣達政令的警察大人。

逸平：喔，蔡香腸。

吉本：你在亂講什麼，我已經改了皇民姓名，吉本一二三！

逸平：喔，那你弟是叫吉本五四三嗎？

吉本：不准拿別人的名字開玩笑！

逸平：好啦好啦，『吉本學長』，我正在工作，可以請你閃一邊去嗎？

吉本：家裡好不容易送你去讀台中一中，結果畢業卻只能在這邊做工——
　　　　後悔當初強出頭了嗎？

逸平：怎麼可能？我就看不慣那些瞧不起人的傢伙！

吉本：很好！有志氣！——但你妹妹月里的病，不是不能再拖下去了嗎？

　　吉本的話瞬間戳進林逸平內心，他臉色驟沈。

　　在這治病就有可能傾家蕩產的年代，他原本有機會扭轉未來，但那揮向教官痛快的一拳，卻讓他原本光輝前程頓時化做泡影。

　　想起體弱的妹妹、想起家人曾經寄予的期待……，挫折、懊悔、愧疚、無奈，種種糾結的情緒，如海嘯般朝他襲來，讓他幾乎無法承受。

逸平：可惡，如果我可以找到更好的工作……。

吉本：來，聽學長的，我們一起前進南洋吧！

逸平：南洋？

吉本：我們大日本帝國的新邊疆！菲律賓、馬來亞、新嘉坡、蘭領東印度，
　　　　還有很多熱帶島嶼。陽光，沙灘，充滿椰子樹的天堂樂園——

♪吉本

前進！留在原地，你到底想幹嘛？

前進！找到目標，就去改變它！

加入軍隊，前進熱帶天堂！

我們未來，值得不一樣！

逸平：你要我加入日本軍隊？

吉本：加入軍隊有錢可以拿，還能和日本人平起平坐，你的未來就不一樣了！

♪吉本

想證明自己不比日本人差。

♪逸平

要先成為日本帝國的爪牙？

♪逸平、吉本

這個世界，終究勝者為王！

別再掙扎猶豫，就前進吧！

♪逸平

我徛佇遮，我就是我？　　我站在這，我就是我？

♪吉本

前進！

♪逸平

時代敢就改變我運命？　　難道時代將改變我命運？

♪吉本

前進！

吉本：時代在變，你擋不住的！

林逸平看著吉本的背影，消逝在遠方炙熱燃燒的夕陽⋯⋯。

大日本帝國，這顆巨大的火紅太陽，假借「大東亞共榮圈」之名對外侵略，如今已籠罩亞洲大半地區。當所有瘋狂都成爲了日常，連標示鉛筆筆芯軟硬的字母「HB」，都在政府去除敵性語的風潮中，被改成了漢字「中庸」。一個在軍國鐵蹄下掙扎的殖民地青年，就算用盡全力，又能對抗得了什麼呢？

下工後，逸平不想那麼早回家，他在橋邊閒坐，看著流水發呆，直到夜幕低垂。沿街的路燈倏地亮起，迷濛的光影映照在水面上，寧靜且安詳，好似能拋下所有煩惱與疲憊，讓潺潺溪流帶走⋯⋯。

擋不住的時代，就像不會倒流的溪水。自己與其原地踏步，是否應該勇敢做出改變？——吉本學長的話語在逸平心中不斷迴盪。

於此同時，妹妹月里正騎著單車，大街小巷四處搜尋哥哥的蹤影，終

於她在橋邊找到對著溪水發楞的逸平。

月里：阿兄！　　　　　　　　　哥！

月里興奮地在逸平面前停下單車，大口喘氣的同時，卻伴隨著咳嗽連連。

逸平：月里，你身體按呢，閣騎自　　月里，妳身體都這樣了，還騎單車
　　　　轉車硞硞從，危險 -- 呢！　　到處跑，很危險！
月里：你以早教我騎自轉車的時　　你以前教我騎單車時，可不是這麼
　　　　陣，才毋是按呢講 -- 的。　　說的。
逸平：較早是較早，這馬是這馬，　以前是以前，現在是現在，妳現在
　　　　你這馬身體按呢閣騎——　　　身體這樣還騎車——

月里壓制想要咳嗽的欲望，從包裡掏出一只裝了花生糖的小袋，笑瞇
瞇地塞到逸平手上。

月里：莫受氣 -- 啦！你上愛食的　　不要生氣啦！你最愛吃的花生糖——
　　　　塗豆糖——
逸平：你哪會有這？　　　　　　　妳怎麼會有這個？

逸平驚喜地接過花生糖袋子，放在鼻前猛聞一番。他心想：現在物資
配給越來越嚴格，月里這古靈精怪的傢伙，到底是從哪裡弄來這寶貝的呢？
　　他轉頭看著妹妹露出得意的笑容，卻發現她身上穿著一襲美麗洋裝。
細緻的布料和做工，絕非他們家負擔得起的奢侈品。而且這洋裝的花色也
越看越眼熟——

逸平：等 -- 一 - 下，你這馬穿的這　　　等等，妳現在穿的這件——
　　　軀——

月里：きょうこ姊送予 -- 我 -- 的，　　　京子姊送我的，她就要出嫁了。
　　　伊就欲出嫁 -- 矣。

逸平：姦，講著這，若是我彼陣仔　　　操，說起這事，如果我當時沒去抗
　　　無去抗議，我佮伊早就做　　　議，我早就跟她在一起了！
　　　伙 -- 矣！

　　　逸平惱火不已，正當他還想繼續大發牢騷，月里用手指狠狠彈了他的
額頭。

月里：逐擺攏按呢！你明明遐斯　　　每次都這樣！你明明那麼斯文，一
　　　文，磕袂著就起顛，袂輸野　　　不順心就抓狂，像野獸見人就咬。
　　　獸欲共人咬！

逸平：哪有 -- 啦！我已經有剾改 --　　　哪有！我已經有收斂了⋯⋯。反正
　　　矣⋯⋯。橫直我的人生就按　　　我的人生就是這樣了。
　　　呢 -- 矣。

月里：閣烏白講話！你 -- 喔——　　　又亂講！你呀——

　　　話還沒說完，月里突然劇烈咳嗽。逸平連忙輕拍她的背，要她不要激
動。逸平內心憐惜不已：如此活潑可人的女孩，為何偏偏要被病魔折騰？

逸平：⋯⋯我有聽講若是去做志願　　　⋯⋯聽說如果去當志願兵，就能先
　　　兵，就會先提著一筆安家　　　領一筆安家費，這樣我們就有錢找
　　　費，按呢咱就有錢去揣醫　　　醫生了。
　　　生 -- 矣。

月里：你欲去做兵？——你無才調 -- 啦！連鞋帶都縛袂好勢，哪有可能去做兵？	你要去當兵？——你沒辦法啦！連鞋帶都綁不好，怎麼可能去當兵？
逸平：哪有！	哪有！

　　逸平聽了立刻低頭察看，只見月里猝不及防地彎腰，伸長手將他的鞋帶扯開，令逸平又好笑又好氣。他蹲下重新繫上鞋帶，邊思索該如何告訴月里自己的決定。

逸平：……爲著這个家，爲著你，就算去做日本兵，我嘛甘願！	為了這個家，為了妳，就算去當日本兵我也甘願！
月里：我才無愛你白白去受死，你若眞正欲去做兵，我就永遠無愛佮你講話 -- 矣！	我才不要你白白送死，你如果真要去當兵，我就永遠不跟你說話了！
逸平：月里！	月里！
月里：我無愛 -- 啦！我無愛你去做兵 -- 啦	我不要啦！我不要你去當兵啦！
逸平：阿兄答應 -- 你，我一定會活咧轉 -- 來。	哥哥答應妳，我一定會活著回來。

　　林逸平伸出手指要跟月里打勾勾，月里卻撇開了頭。

逸平：阿兄佮你約束，你嘛愛答應阿兄，你會健康平安等 -- 我，好 -- 無？	哥哥跟妳約定，妳也要答應哥哥，妳會健康平安地等我，好嗎？

月里猶豫了許久，轉身擁抱哥哥。

月里：……袂當講白賊--喔！　　　……不能騙人喔！

逸平和月里勾起彼此的手指，完成了兄妹之間的約定。
而後，他目送月里騎著單車離開，下定了決心。

♪ 逸平

我徛佇遮，我就是我，	我站在這，我就是我，
毋管時代怎變化。	不管時代怎麼變。
我徛佇遮，我就是我，	我站在這，我就是我，
我欲家己決定我運命！	我要決定自己的命運！

　　時空再次流轉，1943年的左營軍港晴空萬里，碧海藍天連成一片。展翅遨翔的潔白海鷗，在港邊停泊的雄壯軍艦背景下，顯得格外渺小。

　　換上軍戎裝束的林逸平，心不在焉地站在部隊整齊的行列間。他覺得今天打的綁腿似乎紮得太緊，讓他幾乎難以邁出步伐。他回頭張望不遠處民眾送行的隊伍，大家手上揮舞著日章旗，笑臉盈盈地高呼「萬歲」、「武運長久」，彷彿此次出征只會迎向勝利，沒有絲毫死亡的陰影。他在人群中搜索不到任何一張熟悉的面孔，不禁嘆了口氣。

　　船笛嗚嗚聲響起，長官高呼部隊登船。

　　儘管已接受為期半年的軍隊訓練，但在即將啟航前往南方戰場的此刻，面對茫茫的大海，內心的猶疑和恐懼也隨之興起波瀾。

　　就這樣吧！林逸平心裡想道。自從決心踏上軍旅這條路，生死就不再操之己手，只能寄望藏在胸前襯衫裡的香火袋，祈求松柏坑二帝爺的聖威

護佑了。

　　正當他要跨上甲板時，卻被長官松永突如其來地攔住。

松永：平田君？

　　松永從軍十多年來，從華北征戰到南洋，年屆不惑的他雖正值青壯，眼中閃爍的光芒早已消磨殆盡。只剩對軍國的信仰，還有有條有理的軍隊紀律，支持著他的生活。突然現身在眼前的殖民地少年，卻攪動了他長久以來平靜的心湖。

　　面對松永驚訝的眼神，逸平頓時不知所措。—— 遠離長官關注的目光，是軍隊生活的保命準則 —— 如今被突然攔下準沒好事！他連忙調整略微歪斜的軍帽，立正行舉手禮。

逸平：報告長官！我是林 —— 上兵はやし報到！

　　松永意識到自己認錯了人，瞬間恢復嚴肅神情，厲聲責斥林逸平動作不確實。被長官莫名其妙訓了一頓的逸平，雖摸不著頭緒，也只能大聲回應：「是！」接著匆匆登船就位。這時，只見吉本在甲板上著急地向他招手。

吉本：看，是恁小妹 -- 呢！　　　　看，是你的妹妹耶！

　　逸平朝欄杆外望去 —— 遠遠地，月里拼命揮舞著紅白手旗。以不同動作順序組合成日文五十音，逸平逐字唸出：「活」、「著」、「回」、「來」……，從前曾在學校運動會時表演的旗語，如今卻真的傳來了遠方的訊息。

逸平：我一定會活咧轉--來！　　　　　　我一定會活著回來！

逸平用宏亮的聲音對著港邊大喊，只是聲音卻淹沒在雄壯的送行軍樂中。

♪合唱

前進！創造東亞共榮新世紀！

前進！為了和平！為了正義！

為了守護一萬萬天皇子民！

加入軍隊，前進熱帶天堂！

隨著船艦逐漸遠離港邊，汪洋大海中，再也看不見故鄉那座翠青的島嶼。

逸平心中不安的情緒湧現：這段未知旅程的終點，就是戰爭結束的那一天嗎？那個時候的自己，是否還能維持著不變的初心，回到原本的自己呢？

作家在書案前緩緩寫著，所有青春時的場景歷歷在目……。

他停下鋼筆，長吐了一口氣。

作家：生活佇 1940 年代的人，佮你、佮我無啥物無仝，猶毋過一場戰爭煞改變一切。

彼當陣的南洋予盟軍包圍，美麗的島嶼成做天然的「俘虜島」。

無論是軍官猶是兵仔、慰安婦佮個的ママさん，現實的

生活在 1940 年代的人，和你我並無差別，但是一場戰爭卻改變了一切。

當時的南洋被盟軍包圍，美麗的島嶼成為了天然的「俘虜島」。

無論是軍官、士兵、慰安婦還是媽媽桑，沒有人能逃脫現實的摧殘，

拖磨無人會當閃避，只有過去的　　只有回憶，支持我們繼續走下去。
記持，支持阮繼續行 -- 落 - 去。

作家再次提筆，他要把故事繼續寫下去。
唯有一直寫，這個故事才會一步一步地走向終點⋯⋯。

〈時代袂當改
變我的名〉

「時代袂當改變我的名！」

一「反對連署書？你們好大的膽子！」

——「看，是恁小妹⋯⋯呢！」

——「我一定會活咧轉⋯⋯來！」

——「這個世界，終究勝者為王！別再掙扎猶豫，就前進吧！」

第三場 — 變調的樂園

陽光炙熱，椰影婆娑，海浪與蟲鳴聲交織。

儘管南洋海島風景美若天堂，但隨著戰事逐漸變得膠著，以及盟軍「ABCD 包圍網」海陸封鎖下，人員和物資都無法進行補給，深陷南洋戰場的日軍只好推行「就地求生」策略，士兵們除了作戰和軍事訓練，更多的時間用來開墾田地以及狩獵。

當飢餓、疾病和重度勞動成為日常，熱帶樂園化身成地獄的入口，死亡的陰影不斷消磨著士兵們的靈魂，他們更加難以壓抑內心的暴戾。當地部落的原住民、慰安所裡的女人因此時常遭殃，成為士兵們發洩暴力的出口——這些都讓耿直的林逸平難以接受，但他卻只能握緊拳頭，努力克制自己的情緒。

剛來到這座島上，逸平就被長官松永指名當內務兵，協助他處理起居大小事。雖然平時軍隊操練和勞務依舊，但偶爾也能從長官手上獲得一些優待，讓逸平在緊繃的部隊生活中，稍微得到喘息的空間。

即使如此，逸平仍打從內心抗拒長官那套大日本軍國信仰。面對那些刺耳的說教，他也只能左耳進、右耳出，裝作心悅誠服的模樣。而逸平因服侍長官所得到的一些小小好處，在同袍眼中卻也成為「特權」，遭致了眼紅和排擠。

這天，逸平和同袍起了衝突，兩人在地上扭打成一團。士兵們有的忙著勸架，但更多的是在旁圍觀看好戲。聽見眾人的叫囂與喧鬧，松永從營舍中走出，見士兵們亂成一團，毫無身為帝國士兵的體面，頓時怒火中燒，

立刻掏出配槍，對空鳴射 ——

「砰！」

巨大的槍聲，讓原本吵雜的士兵們瞬間噤聲，原地立正站好。

松永：太不像話了！

松永信步穿梭在士兵間，所有人連大氣都不敢吐，等待長官的發落。
最後，他來到了逸平面前，隨即一掌重重摑在他的臉上。

松永：はやし！
逸平：是的，長官。
松永：身爲我的內務兵，卻和弟兄們打架 —— 伏地挺身！給我一直做到天
　　　黑爲止。
逸平：是！

林逸平立刻趴地，做起伏地挺身。

松永令士兵們解散回去原本的崗位，見眾人散去後，他再次回到逸平
身旁。

松永：……好了好了，起來吧！

松永語氣雖然依舊冰冷，卻不如在士兵面前嚴厲 —— 長官私底下的面
貌，是除了逸平，其他士兵都看不到的。 —— 逸平立刻停止動作，從地面
爬起，他知道方才的處罰命令只是做做樣子給同袍們看，長官如此包庇他
也並非第一次了。

松永：你呀，真是條瘋狗！

　　松永邊說邊拍打逸平的臉。—— 長官臉上輕鬆的笑容，看在逸平眼裡好似輕蔑的嘲諷。

逸平：報告長官，是他們隨便就對土著使用暴力 ——
松永：他們都是下三濫，就你活得堂堂正正，對嗎？
逸平：不是的長官，可是他們這樣做 ——
松永：那些是必要的手段！

　　逸平知道再怎麼辯駁都是白費功夫，於是閉上了嘴。

　　這時嘈雜聲從叢林裡傳來，逸平回頭只見幾名士兵，押解著一列身穿部落傳統服飾的女子。她們是被抓來當「慰安婦」的，經過長途跋涉，每個人無不神情憔悴。不止渾身髒污，還散發著刺鼻的異味。她們被士兵用槍口對著，催促著腳步不准停下。女人們哭喊著聽不懂的語言，令逸平不忍卒睹，連忙撇過了頭。

　　對日本軍隊來說，慰安婦是「必要的存在」。他們宣稱招募妓女為軍隊服務，此舉可以抒解士兵壓力，控制性病傳播，也減輕軍人隨機侵犯當地女性所造成的社會問題。然而，自願提供慰安的女性，人數遠遠不足廣大戰區的軍隊需求。因此許多部隊就以誘騙、綁架等手段，強逼當地女子出賣靈肉。

　　此時，一個熟悉的詞彙，穿透喧鬧的音牆，滲入逸平的耳膜 ——

莎琳：阿母……阿母……。　　　　媽媽……媽媽……。

是有人在呼喊母親嗎？

逸平原本就聽說南洋地區，有很多早期福建移民的後裔，和故鄉台灣說著一樣的話語，但這是逸平第一次聽見。

他立刻回頭，只見一名披頭散髮的女子拖著腳步，不肯前進。

她雖然同樣穿著部落裝束，面孔卻有著混血融合出來的獨特美麗……。

她不慎掉落一隻鞋，還來不及撿拾，就被士兵用槍尖推著繼續向前進。

── 逸平的心思全飄向那遠去的隊伍，但松永的訓斥卻將他瞬間拉回現實。

松永：……大日本帝國為了解放亞洲，不惜向列強宣戰，你呢？你敢為了
　　　自己的信念和世界對抗嗎？

逸平低下頭，心裡還掛記著剛才那名女子的背影。

松永：不敢的話，你以為的正義感就只是自我滿足而已！

松永見逸平低著頭，不發一語，他知道這是他消極的抵抗。這個來自殖民地的青年，那青春無懼、桀傲不馴的神情，像極了他回憶中的那張臉── 但偏偏這傢伙短視近利、視野被狹隘的民族之別所框限，無法看清這場戰爭是如何神聖而偉大。

── 真是可惜！

儘管松永心裡這麼想，卻仍伸手為逸平整理凌亂的衣領。

面對這突如其來的溫柔，逸平感到有些不自在。

松永：不要再惹事，軍人必須服從，聽到沒有？
逸平：聽到了。

松永：大聲點！

逸平：報告長官！我聽到了！

　　林逸平高亢地喊完，看著松永走遠的背影，內心卻鬱悶不已。

小偷：哈哈！可憐哪！小鬼子你又被長官罵了！

　　一個部落小孩從樹叢裡探出頭來，不知已在那裡躲了多久？他身上穿戴各種從村落和部隊扒來的衣帽和裝飾，是這附近有名的偷竊慣犯。無父無母的他凡事靠自己，天不怕、地不怕，連酋長和軍官也拿他沒轍。而且聰明絕頂的他，無論是過去管理當地的葡萄牙人，還是現在日本軍隊，他都能很快學會溝通方式，迅速打成一片。由於沒人知道他的姓名與來歷，「小偷」就成了他的名字。—— 這時，逸平察覺小偷懷裡似乎暗藏東西。

逸平：等等，臭小偷！你是不是又偷了什麼東西？—— 給我。

小偷：才不要！這是我撿到的！

　　林逸平伸手想抓住小偷，小偷靈活地閃躲開！兩人你追我躲，半認真半玩鬧地追逐一陣後，小偷調皮地將東西往空中一拋，趁逸平分神察看，將他狠狠推倒在地。看著逸平狼狽的模樣，小偷哈哈大笑。

小偷：拿去吧，反正我也不想要！

　　小偷一溜煙地跑走，逸平好笑又好氣地搖了搖頭。
　　他拾起東西，這才發現是剛剛女子遺落的鞋子。

逸平：這敢是⋯⋯伊的鞋仔？　　　　這是⋯⋯她的鞋子嗎？

逸平轉頭，望向隊伍離去的方向。

他心想：這隻鞋子如果是她的就太好了！

這樣或許就有機會再見她一面。

或許就能夠再聽一次，她親口說出那美麗又熟悉的語言⋯⋯。

「太不像話了！」

「大日本帝國爲了解放亞洲，不惜向列強宣戰，你呢？你敢爲了自己的信念和世界對抗嗎？」

「阿母！阿母！」

「臭小偷！你是不是又偷了什麼東西？
——給我。」

「不要再惹事，軍人必須服從，
聽到沒有？」

51

第四場 — 鹹甜的滋味

夜幕籠罩，賴莎琳被囚禁在破舊的庫房裡，已經不知過了多少天。

自從被日軍擄獲，她已無數次嘗試逃跑。就連被關進這裡，每一片木頭牆板也都曾被她試圖扳開。即使明知無路可逃，她也不想輕言放棄。自從這場戰爭開始後，部落間就流傳許多關於日本軍隊的恐怖傳言，沒想到不幸竟會真的降臨在自己身上。

她不甘心：自己的一生，難道真要斷送在這裡了嗎？

這時，門外傳來悉悉窣窣的人聲，莎琳貼著門聆聽，好像是慰安所大姊頭的聲音，不知她和士兵在說什麼？

千鶴：安子媽媽要她來的。

厚重的大門開啟，莎琳連忙縮到角落。一個女子被守門的士兵推了進來，大門再次砰地關上。莎琳認出眼前是自己的好姊妹阿惠，立刻上前將她緊緊摟住。

阿惠：莎琳……。	莎琳……。
莎琳：阿惠，你有按怎 -- 無？	阿惠，妳有受傷嗎？
阿惠：無 -- 啦……。	沒有啦……。
莎琳：無代誌就好。	沒事就好。

阿惠似乎欲言又止，她低頭拿出懷裡揣著的麵餅，遞給莎琳。

阿惠：你應該規禮拜攏無食 -- 矣，個叫我提食 -- 的來。

妳應該整個禮拜都沒吃東西，他們叫我拿食物過來。

莎琳：個上好將我關一世人，若放我出 -- 去，我絕對——

他們最好關我一輩子，如果放我出去，我一定——

阿惠：莎琳，你莫閣想欲偷走 -- 矣 -- 啦！

莎琳，妳別再想要逃跑了啦。

莎琳：你咧說啥痟話？ 若是予日本兵仔損蕩 -- 過，人生就烏有去 -- 矣 -- 呢！

妳在說什麼傻話？如果被日軍糟蹋過，人生就完了！

阿惠：個講，若是咱閣偷走，就會將咱的庄仔放火燒 -- 去。

他們說，如果我們再逃跑，就會放火燒我們的村子。

莎琳：彼只是共咱嚇驚 -- 啦！莫放棄！咱一定會當轉去故鄉——

那只是在嚇我們！別放棄好嗎？我們一定可以回去故鄉——

阿惠：這就是咱的命，至少咱的犧牲是為著爸母序大——

這就是我們的命，至少我們的犧牲是為了父母長輩——

莎琳：人勸母聽，鬼招就行，家己軟洴就莫牽拖厝內！

好的不學學壞的，自己軟弱就不要拿家裡當藉口！

阿惠：人生在世，咱本底就無法度干焦為著家己。

人生在世，我們本來就無法只為自己而活。

莎琳對阿惠的軟弱感到失望。

　　她們從小一起長大，情同姊妹，曾對著藍天白雲作同樣的白日夢，煩惱同樣的青春課題——但如今她卻輕言放棄，讓莎琳覺得十分不甘心。她想繼續勸阿惠，但這時外頭傳來急促的敲門聲。再多想說的都已來不及，

莎琳只能再次緊緊抱住阿惠。

莎琳：愛好好仔活 -- 唰，你愛好 　　　好仔珍惜你家己，知 -- 無？	要好好地活著，妳要好好地珍惜自 己，知道嗎？
阿惠：莎琳⋯⋯。	莎琳⋯⋯。

士兵打開倉庫門，不理會阿惠的叫喊，強硬地將她拉走。
莎琳她憤恨地搥打門板，大聲嘶吼，最後頹坐在倉庫角落。
她望著鐵窗外，南十字星在夜空中明亮地閃爍著。
她低頭閉上眼喃喃禱告。

莎琳：親愛的阿爸（pa）爸（pē） 　　　上帝—— 請你千萬愛保庇 　　　阿惠平安無代誌，伊是一個 　　　真好的人，拜託！阿爸爸上 　　　帝 —— 我已經袂記得，經 　　　過偌濟暝日，你敢有聽 -- 著， 　　　聽著我的祈禱？你到底敢閣 　　　會記得，愛共阮疼痛 ——	親愛的天父上帝 —— 請祢一定要 保佑阿惠可以平平安安，她是一個 很好的人，拜託！天父上帝 —— 我已經快忘記，到底多久了，祢有 沒有聽見，聽見我的祈禱？祢到底 記不記得，要關愛我們 ——

　　伴隨禱告，她的情緒逐漸恢復平靜，眼前彷彿浮現出故鄉的景色：清
澈的藍天之下，有一望無際的翠綠田野，還有散佈於紅土丘陵上的村落，
而教堂尖頂的十字架，正在陽光下閃閃發亮⋯⋯。在這裡，族群漫長的遷
徙與融合歷史，複雜的文化、政治與宗教糾葛，好似都與他們無關，所有
人安分守己地，過著恬淡而和平的小日子。

在自由奔放的想像裡，囚禁莎琳的倉庫彷彿也隨之消失無蹤 ——

歌曲｜我上媠的夢

♪ 莎琳

弓蕉園、紅塗路，思念故鄉的囡仔時，	香蕉園、紅土路，思念故鄉的童年，
牽阿母的手，唱教會歌詩，	牽媽媽的手，唱教會詩歌，
遐爾仔美麗，遐爾仔安心。	那麼美麗，那麼安心。
我煞向望生翼飛上天，	我卻嚮往展翅飛向天，
看海的對面，有啥物款的風景？	看海的對面，有什麼樣的風景？
我的心，比海閣較闊；	我的心，比海寬闊；
我的未來，比天閣較大！	我的未來，比天高大！
我的人生，著愛自由唱歌；	我的人生，必須自由唱歌；
我上媠的夢，才拄開始爾爾（niâ）！	我最美的夢，才正要開始！
青春十六歲，就愛我出嫁，	青春十六歲，就要我出嫁，
嫁雞綴雞飛，人生也就過。	嫁雞隨雞，人生也就這麼過。
我佇阿母的白頭鬃，	我從媽媽的白頭髮，
看著阿媽的一世人，	看見奶奶的一生，
只有離開，我才有可能佮個無仝！	只有離開，我才有可能和她們不同！
捏驚死，放驚飛，	怕捏死，怕放飛，
飛袂出籠的鳥隻不再回。	飛不出籠的鳥兒不再回頭。

我的心，比海閣較闊；　　我的心，比海寬闊；
我的未來，比天閣較大！　　我的未來，比天高大！
我的人生，毋但按呢爾爾。　　我的人生，不只這樣。
我上媠的夢──　　我最美的夢──

我相信，　　我相信，
世間有一種愛，全無條件。　　世間有一種愛，毫無條件。
我相信，　　我相信，
佇一个迢（tiâu）遠的所在，　　在一個遙遠的地方，
所有的人，攏會當有家己的夢。　　所有人，都能夠有自己的夢。

我的心，比海閣較闊；　　我的心，比海寬闊；
我的未來，比天閣較大！　　我的未來，比天高大！
我的人生，毋但按呢爾爾。　　我的人生，不只這樣。
我上媠的夢──　　我最美的夢──

我煞予人（hng）掠來到遮，　　我卻被抓到這裡，
我的人生、我的未來，　　我的人生、我的未來，
嘛已經全無影……。　　也已經化為烏有……。

我上媠的夢，　　我最美的夢，
夢醒煞來全全空。　　夢醒卻只剩一場空。
美夢內底，敢閣是我，　　美夢裡我還是我嗎？
我的內底，敢猶閣有夢？　　我心深處，還有夢嗎？

莎琳睜開眼睛，環視四周，自己依舊被囚困在冰冷的倉庫裡。

她伸手向胸前，卻發現十字架項鍊不在衣領裡，她急忙四處尋找。

莎琳：我的十字架 -- 咧？我的十字架走佗位 -- 去 -- 矣？……無 -- 去 -- 矣……，連阿母的十字架都無 -- 去 -- 矣……，我真正啥物攏無 -- 矣……。

我的十字架呢？我的十字架跑去哪了？……不見了……，連阿母的十字架都不見了……，我真的一無所有了……。

狹窄的斗室很快讓莎琳陷入了絕望。—— 無路可出，亦無處可逃。故鄉的幻影、溫暖的回憶，如今也都離她遠去了……。

逸平來到倉庫門口，見到守門的同袍正無聊地抽菸，他二話不說立刻拿兩盒菸賄賂，請他給自己一刻鐘時間進去探視。

瑟縮牆角啜泣的莎琳，突然被開門的聲音嚇了一跳，只見身穿軍服的陌生士兵走了進來，倉門又隨即關上，她驚惶地躲到倉庫角落，順手抓起一柄棕櫚掃把，顫抖地舉在胸前當作武器防禦。

逸平：你先莫緊張！

妳先別緊張！

逸平將背在肩上的步槍放下，從口袋裡拿出莎琳遺落的鞋子，輕輕放在她面前的木箱上，默默退回另一邊的角落。

逸平：這敢是你的鞋仔？
莎琳：你……會曉講阮的話？

這是妳的鞋子嗎？
你……會說我們的話？

逸平：是 -- 啊，我是對台灣島來 -- 的，阮遐嘛是講仝款的話。你叫啥物名？我叫はやし —— 啊，毋是，我叫林逸平。

莎琳：林逸平？……所以，你毋是日本仔鬼。

逸平：毋是，我是台灣人。

莎琳：若按呢，你敢會使放我出 -- 去？

逸平：這，恐驚袂使。

莎琳：是按怎袂使？

逸平：因為，我是日本兵。

莎琳：台灣人去做日本仔兵，按呢，你比日本仔鬼，閣較惡質，走！你走！

逸平：毋是 -- 啦我 —— 好，我走，我走。

莎琳：我討厭日本人，但是我閣較看袂起你這款 -- 的！

逸平：你聽我解說 -- 嘛！

是啊，我從台灣島來的，我們那邊也說一樣的話。妳叫什麼名字？我叫はやし —— 啊，不是，我叫林逸平。

林逸平？……所以，你不是日本鬼子。

不是，我是台灣人。

這樣你可以放我走嗎？

這，可能沒辦法。

為什麼不行？

因為，我是日本兵。

台灣人去做日本兵，這樣你比日本鬼子更惡劣，滾！你滾！

不是啦我 —— 好，我走，我走。

我討厭日本人，但是我更看不起你這種人！

妳聽我解釋嘛！

　　逸平急切地上前想要解釋，莎琳立刻驚恐地用掃把連連揮打逸平。

逸平：你較冷靜 -- 咧！連阮阿母嘛毋捌按呢共我拍。

妳冷靜一點！連我媽都沒有這樣打過我。

「阿母」兩個字在莎琳內心猛地一震，眼淚頓時盈眶而出。

莎琳：阿母……阿母……。　　　　媽媽……媽媽……。

　　儘管正悲傷地啜泣，但她的肚子卻在此刻發出了飢餓的咕嚕聲。
　　逸平原本已背起步槍準備離去，卻停下了腳步。他回頭看著莎琳，從口袋裡緩緩拿出一個油紙包 ── 裡面包著一塊小小的花生糖。

逸平：這，予 -- 你。　　　　　　這個，給妳。
莎琳：彼是啥？　　　　　　　　　那是什麼？
逸平：塗豆糖仔，我對台灣紮 --　　花生糖，我從台灣帶來的。──
　　　來 -- 的。── 放心，是會　　放心，是可以吃的。
　　　當食 -- 的。

　　見莎琳有些遲疑，林逸平剝下一小角，放進嘴裡 ── 鹹甜的滋味頓時在他口中化開，這戰地上久違的享受，令他不禁露出陶醉的神情。

逸平：欲試看覓 -- 無？　　　　　想試試看嗎？

　　莎琳遲疑片刻後，伸長了棟榔掃把，示意逸平把東西放在上頭。
　　逸平覺得好笑，卻仍照做。
　　莎琳抽回掃把，拿起花生糖聞了又聞。

逸平：原底有誠濟，後來搶袂過狗　　原本有很多，後來搶不過螞蟻，就
　　　蟻，賰這塊爾爾（niâ）。逐　　只剩這塊。每次，如果我想念家

擺，我若思念故鄉，就會提　　　　　　鄉，就會拿出來舔一下。
出來舐（tsūinn）--一-下。

莎琳：所以……這你有舐　　　　　　　所以，這你有舔過？
　　　（tsīnn）--過？

逸平：歹勢！你若無想欲食，嘛無　　　抱歉！妳如果不想吃，也沒關係
　　　要緊——　　　　　　　　　　　——

正當逸平要伸手時，莎琳卻將花生糖一口吃進嘴裡。
她嚼著嚼著，臉上逐漸浮現滿足的表情，逸平也跟著露出了笑容。

莎琳：這就是……恁故鄉的滋味？　　這就是……你故鄉的滋味？

逸平：是--啊，這就是我的故鄉，　　是呀，這就是我的故鄉，台灣的滋
　　　台灣的滋味。　　　　　　　　味。

莎琳：台灣？　　　　　　　　　　　台灣？

逸平：這是我食--過，上甘甜的　　　這是我吃過，最甘甜的滋味。
　　　滋味。

歌曲｜鹹甜的滋味

♪逸平

上甘甜的滋味，　　　　　　最甘甜的滋味，
　是故鄉落過雨的春天。　　　是故鄉雨後的春天。
潤餅皮餃（kauh）塗豆糖，鹹甜仔鹹甜，　　潤餅皮包花生糖，鹹鹹又甜甜，
　清明時節雨綿綿，　　　　　清明時節雨綿綿。
　上甘甜的滋味，　　　　　　最甘甜的滋味，

　　　　　我永遠袂當放袂記。　　　我永遠難忘。

逸平：你 -- 咧？　　　　　　　　妳呢？

逸平轉頭看向莎琳，原本聽得入迷的莎琳趕緊低頭，迴避他的視線。
逸平笑了笑，又繼續說起回憶中的滋味。

　　　　　　　♪逸平
　　　　上甘甜的滋味，　　最甘甜的滋味，
　　是知影有人咧等 -- 你。　是知道有人等著你。
　　　　夜夜倚佇門邊，　　夜夜站在門邊，
　　相信你會倒轉 -- 來。　　相信你會回來。
　　　　上甘甜的滋味，　　最甘甜的滋味，
　支持我閣較艱苦，嘛愛活 -- 落 - 去。　支撐我再苦，也要活下去。

　　　　上甘甜的滋味，　　最甘甜的滋味，
　　　　上甘甜的記持，　　最甘甜的記憶，
　陪伴我渡過大海，過鹹水 —　陪伴我渡過大海，渡過鹹水 ——
　　　　鹹甜仔鹹甜，　　鹹鹹又甜甜，
　　是思念故鄉的珠淚，　是思念故鄉的淚珠，
　　夜夜到深更（kinn）。　夜夜到深更。

說著、說著，逸平悲從中來……。

自從十三歲錄取台中一中，他便離開家鄉的山村，開始在平地城市求

學、工作，而後飄洋過海來到這個南方新世界，島上湛藍的天空、純樸的農村景緻，以及紅土丘陵地，時常會有回到故鄉的錯覺。

然而，這裡沒有層層疊疊的青翠茶園，只有栽植芋頭的梯田；夕陽中棕櫚樹拉長的剪影，也只是不斷讓他懷念起故鄉的檳榔樹……。

他越想越哽咽，連忙深呼吸，平息想要掉淚的衝動。
回頭見莎琳仍縮在倉庫角落，兩人之間彷彿隔著難以跨越的鴻溝。
儘管遺憾，但逸平決定放棄。他背起步槍，向莎琳點頭道別。

逸平：我通好來去（laih）-- 矣，你　　　我該走了，妳要保重。
　　　愛保重。

當逸平正要敲門叫喚守衛，莎琳卻在這時出聲了。

莎琳：我嘛全款。　　　　　　　　我也一樣。

逸平停下動作，轉頭看向莎琳。
莎琳從陰暗角落走出，從窗口流淌而入的沁涼星光，灑落在她柔美的臉龐上，逸平的目光再也無法從她身上移開……。

♪**莎琳**

嘛是鹹甜的滋味，　　同樣是鹹甜的滋味，
天使覆佇搖筍邊，對我笑微微，　　天使趴在搖籃邊，對我微微笑，
甜甜的芳味，日頭落山綴咧消失。　　香甜的氣味，隨日落消失。
我哭袂出喉，　　我哭不出聲音，

鹹鹹的目屎流袂離。　　鹹鹹的眼淚流不停。

逸平：天使？彼是啥？　　　天使？那是什麼？

♪莎琳

伊有甘甜的笑容——　祂有甜美的笑容——

♪逸平

看起來親像壁頂的圖！　看起來就像壁畫！

♪莎琳

聲音親像溫柔的風——　聲音像溫柔的風——

♪逸平

頭毛親像雲咧飄動！　頭髮像雲在飄動！

♪莎琳

伊有神秘的力量！　祂有神秘的力量！

♪逸平

來自他鄉——　來自他鄉——

♪莎琳

閣有閣有，　還有還有，
伊閣有一對翼，　祂還有一對翅膀，

親像海南戀（hái-lâm-gōng）。　　　就像信天翁。

逸平：海南戀？今（tann）按呢你　　　信天翁？那妳的翅膀現在哪裡呢？
　　　的翼是走佗位 -- 去 -- 啥？

　　逸平聽莎琳的故事聽得入迷，莎琳卻以為他在開無聊的玩笑，忍不住
推了他一把。看著逸平傻笑純真的模樣，她也跟著笑了出來。

　　　　　　　　　　　　　♪莎琳

　　我相信，伊並無離開。　　我相信，祂並沒有離開。

　　　　　　　　　　　　　♪逸平

上甘甜的滋味，是知影有人咧等 -- 你　　最甘甜的滋味，是知道有人在等你。

　　　　　　　　　　　　　♪莎琳

　　暗夜當中——　　　黑夜當中——

　　　　　　　　　　　　　♪逸平

　　夜夜徛佇門邊——　　　夜夜站在門邊——

　　　　　　　　　　♪逸平、莎琳

　　伊會來到阮身邊，　　　祂會來到我的身邊，
　　陪咱走過死亡的水邊。　　陪我們走過死亡的水邊。

♪莎琳

♪莎琳

母過我相信！　　但是我相信！

♪逸平

請你愛相信！　　請妳要相信！

♪逸平、莎琳

咱一定會活咧轉--去。　　我們一定會活著回去。

兩人凝視彼此，像是終於安心似地，大大鬆了一口氣。

莎琳：我百面是去予鬼牽--去，　　我鐵定是鬼迷心竅，才會相信你。
　　　才會相信--你。

逸平：若有啥物我做會到--的，我　　如果有什麼我能做到的，我一定幫
　　　一定共你鬥相共。　　　　　妳。

莎琳：林--先，你敢會當替我揣一　　林先生，你能幫我找一樣東西嗎？
　　　个物件？

逸平：做你講，我替你揣！　　　　儘管開口，我幫妳找！

莎琳：我的十字架拍無--去--矣，　　我的十字架弄丟了，那是媽媽給我
　　　彼是阿母予--我--的——　　　的——

逸平：十字架，無問題，我會替你　　沒問題，我會幫妳把十字架找回
　　　將十字架揣倒--轉-來！……　來！……但是，我可以知道妳的名
　　　猶母過，我敢會當知影你叫　　字嗎？
　　　啥物名？

莎琳：我的名，號做賴莎琳。　　　我的名字叫，賴莎琳。

逸平：賴莎琳，賴莎琳，這个名足
　　　婿--的。

賴莎琳，賴莎琳，這個名字好美。

　　逸平與莎琳凝視彼此，露出微笑，但兩人又隨即想起各自的處境：不知何時才能結束的戰爭、依舊遙不可及的故鄉……。

♪逸平、莎琳

鹹甜仔鹹甜，　　鹹鹹又甜甜，
是思念故鄉的珠淚，　是思念故鄉的淚珠，
夜夜到深更（kinn）。　夜夜到深更。

〈我上婿的夢〉　　　〈鹹甜的滋味〉

「愛好好仔活……咧，你愛好好仔珍惜你家己，

——知……無？」

「我的人生，就愛自由唱歌……

——我上嬌的夢，才拄開始爾！」

—「彼是啥？」「塗豆糖仔，我對台灣紮…來…的。」

—「鹹甜仔鹹甜，是思念故鄉的珠淚，夜夜到深更。」

「閣有閣有，
伊閣有一對翼，
——親像海南蠻」

第五場 ─ **無敵的神風**

　　夜晚的軍營集合場，難得響起歡快的音樂。營帳裡觥籌交錯，平時只接待軍官的慰安所幹部姊妹們，無不殷勤服侍著這群阿兵哥。他們飲酒、玩鬧，乾了一杯又一杯，樂曲一首接著一首，好似無止無盡……。

　　士兵們亢奮地高呼：「萬歲！萬歲！」隨後卻又難以克制的哭泣。

　　他們是被挑選出來，「自願」成爲「神風特攻隊」的士兵，即將在拂曉之際發動自殺攻擊，駕駛戰機衝撞盟軍軍艦。

　　據說古代蒙古軍隊發動征日，來勢洶洶地渡海而來時，卻遇上強烈颱風，全軍覆沒。幕府將軍豐臣秀吉因此逃過一劫，好似有「神風」護衛著日本列島般。── 數百年後，日本對亞洲的侵略戰爭陷入膠著，再次冀望有神風護佑，只是這次的「神風」是用士兵們生命獻祭得來的。

　　這晚，就是他們青春的終點。儘管長官不斷重申：爲神聖的大日本帝國犧牲，將得以入祀靖國神社，成爲守護天皇的光榮國魂。但當死亡近在眼前，那巨大的恐懼卻無比眞實。

　　松永不喜歡這種場合，結束精神喊話便回到自己獨立的營帳。

　　送行宴會上士兵們糜爛酒醉、聲淚俱下的模樣太過軟弱，一點也沒有即將成爲護國英靈的覺悟。── 罷了！結果比過程重要，那些枝微末節就別在意了吧。

　　當他來到帳前，帳帘就已緩緩掀開 ── 主理慰安所的安子媽媽，笑臉盈盈地前來迎接。

　　松永不發一語地走進營帳，熟練地解開腰帶，而安子媽媽在側服侍他

脫下外套，細心地掛起，而後端正地跪坐。—— 松永從口袋掏出潔白的手帕，安子雙手接過後鋪在腿上，而後松永便緩緩靠著躺下，安子輕拍著他的背。

流暢得看似行禮如儀的過程，背後是松永不願自己的汗漬，沾染安子貴重的和服；安子則溫柔承接這大男人假面下的脆弱與任性，從不過問無關的公務與私事。

松永的體貼，安子的包容，一切都沒有言語，只有兩人之間長久的默契。

安子拿起扇子為松永搧涼，像哄睡孩子般，哼唱著輕柔的曲調。
然而，今天她心裡卻有著不一樣的盤算。

安子：不先喝點酒嗎？
松永：今天不了……，等一下還要恭送神風特攻隊出征。
安子：好的。

自從安子來到這座島嶼，接待軍官時發現自己和松永是同鄉，便與他結下解不開的緣分，然而淡淡的情愫，卻好似只存在安子心裡。
飲酒談笑也罷、魚水交歡也罷，她始終進不去松永冰封的內心。
但她最近卻察覺，松永心緒不像過去那般平靜。彷彿有股熱血在寒冰下鼓動，時而從松永冷淡的眼神中，迸射出她未曾見過的火花。
她想試一試。如果成功了，也許她就有機會更進一步走進這個男人的世界。

安子：想家了嗎？
松永：哪還有家？當年關東大地震，早就已經把一切都摧毀了。

安子：至少還有我這個同鄉在。戰爭結束，我們就一起回去吧。

松永：我活得到那時候嗎？

安子：說好的。我帶著你，你帶著我，我們一起回去。

松永：……隨便你。

安子：在想你地震中過世的戀人嗎？

松永：你聽誰說的？

松永倏地坐起，嚴肅地看著安子。

看來是矇對了！──安子莞爾一笑。

貧困家庭出身的安子，從小在置屋習藝，眾人都看好她未來將會成為一名出色的藝伎，然而 1923 年的那場大地震卻摧毀了一切。

當時震後大火襲來，吞噬了房屋傾倒的街道，她和置屋姊妹們倉皇逃生，大家紛紛跳入附近的水池避難。不識水性的她太過恐懼，最後只好不理會姊妹們的呼喚，另尋出路，最後幸運地逃離了火場。

後來她聽說，由於火勢太過猛烈，前往池塘避難的人數過多，擠滿湖面，最後烈火沸騰了池水，無人生還，從此她成為孤獨飄零的一人……。

那場死傷數十萬人的災難，不僅摧毀了大日本帝國的首都，也在所有人心中留下難以抹滅的傷痕。──安子心想既然自己是如此，松永應該也是。更何況能在這戰場上抵拒安子媽媽的風情萬種，松永心中的那人，應該是無比深刻的存在吧？

安子：男人我見多了。你們心中都有年輕時的遺憾，不是嗎？

松永：根本就沒那回事。

安子：你呀，就愛裝神秘。

松永：……安子媽媽，唱歌吧。

安子向松永點頭，優雅地起身，持扇舞動。

歌曲│天涯海角

♪**安子**

天之涯，海之角，
流浪的心何處可爲家？

親不親，故鄉人，
飄洋過海千里來相逢。

天之涯，海之角，
你卻將我關在你門外。

親不親，故鄉人，
你的心，我無法碰觸⋯⋯。

突然，外頭的喧鬧中斷了安子的歌聲，松永連忙起身到帳外察看。

逸平領著幾個驍勇的部落勇士走來。勇士們邊大聲嚷嚷，邊押送著一個渾身是傷、狼狽不堪的日本士兵。

松永：什麼情況？
逸平：報告，和我們有和平協議的部落，抓到這傢伙強暴他們的女人。

士兵：我又沒有錯！她們就欠幹啊！

逸平：你講什麼！再講我就揍死你 ——

　　逸平頓時怒火中燒，和士兵扭打起來，部落勇士們反而成為勸架的一方。松永怒吼一聲，眾人這才安靜下來。

　　—— 好不容易才讓部落同意休兵，怎麼又發生了這種事？若沒有好好地處理，想必又免不了一場無謂的征戰，屆時又要徒增多少死傷？

　　想到這點，松永不禁嘆了口氣。

松永：都設立慰安所了，為什麼還要這麼做？

士兵：這又沒什麼！

松永：再說啊。

　　松永轉頭向安子媽媽，還未開口，她已經拿著腰帶和外套，服侍他著裝。

　　整裝完成後，安子媽媽向松永點頭後離去。

　　她知道此刻的松永只屬於軍隊，自己已不再擁有這個男人。

　　目送安子走遠後，松永發現逸平仍義憤填膺地緊握拳頭 —— 士兵身上的傷到底有多少是勇士們圍毆造成，還是逸平衝動下所為呢？

　　他突然想試探一下：眼前這位熱血少年，他心中對正義的極限，究竟是到哪裡呢？於是松永掏出手槍，將槍柄遞向逸平。

　　逸平一時之間還不懂長官的意思，疑惑地看著他。

松永：はやし！

逸平：是！

松永：實行你的正義，槍斃他。

　　逸平渾身一震！

　　——槍斃？長官是認眞的嗎？就算他眞的罪該萬死，但怎麼可以就這樣眞的終結一個人的生命？

　　逸平深陷在自己混亂的思緒。而被勇士們押著的士兵，也同樣震驚於長官下達的槍斃命令，如今已顧不得後果，他奮力掙脫勇士們的束縛，直直撞開擋路的逸平，往叢林方向奔逃。

　　就在部落勇士們憤怒叫囂，衝突一觸即發之際，松永當機立斷地開槍射擊逃跑的士兵，「砰！」地一聲，逃兵頓時中彈倒地。

　　逸平這才回神，衝上前跪地查看，此時士兵已斷氣。

　　他震驚地回頭看向長官。松永面無表情地將槍枝收回槍套，並冷冷注視著逸平。

松永：你所謂的正義，就只有這樣嗎？

　　松永在士兵屍體邊蹲下，伸手爲他蓋上未瞑目的雙眼，接著手合十低語。

松永：我們會通知你家鄉的父母，你是光榮戰死的……。

　　松永起身，朝部落勇士大聲威嚇。

松永：跟你們酋長說，這是我給他的交代！

　　松永令逸平搬出一箱從葡萄牙守軍接收來的紅酒，放在勇士們面前。

只見他們彼此交頭接耳地討論。──或許是用一條人命外加一箱紅酒，作為補償一個女人被踐踏的尊嚴已足夠；也或許是他們身處敵營，此刻並不宜節外生枝。──勇士們決定接受松永的條件，帶著紅酒離去。

指示完逸平收拾善後，松永轉身離去，留下剛目睹死亡仍震懾中的逸平。

夜，不知不覺就到達尾聲。

黎明前天色最深鬱的時刻，特攻隊員即將整裝出發。雖說是「整裝」，但為了減輕飛機重量，降低油耗，不僅飛機拆除所有非必要的通訊和逃生設備，英勇的隊員們也脫得只剩下兜襠布，赤條條地迎接生命的終點。

望著飛機從頭頂上轟隆飛過，松永朝天空行舉手禮。

歌曲｜化作神風

♪松永

我的心，

什麼時候開始不會痛？

我的血，

是否還繼續在流？

我的嘆息，

是否已全被狂飆的神風帶走？

かみかぜ，無敵的神風！

永不屈服，永垂不朽！

無怨無悔，守護一萬萬國民的笑容！

勇往直前，直到我生命的盡頭。

かみかぜ，

義無反顧的神風。

かみかぜ——

不曾懷疑，不曾恐懼，

不曾停留，也不曾回答我。

天色漸亮，已看不見飛機的蹤影。

後來傳來了戰況回報：特攻隊全員玉碎，敵方軍艦並沒有造成任何損傷。

獲知消息後，松永沉默地望向天空。空中飄浮的巨大積雨雲，潔白得太過刺眼。他朝海的方向行軍禮，一去不回頭的特攻隊弟兄們，應該已經乘著風，回到靖國神社了吧？

「想家了嗎？」

「哪還有家？當年關東大地震，早就已經把一切都摧毀了。」

——「我的嘆息，是否已全被狂飆的神風帶走？」

——「男人我見多了。
你們心中都有年輕時的遺憾，不是嗎？」

—「實行你的正義，槍斃他。」

—「我的心，什麼時候開始不會痛？」
—我的血，是否還繼續在流？
—我的嘆息，是否已全被狂飆的神風帶走？」

第六場 — **左肩的天使**

日升、日落，莎琳在被關禁閉的倉庫裡，反覆看著窗口鐵柵光影流轉。醒著、睡著，一天又這般百無聊賴地度過。

這段時間以來，只要一有機會，她就會試圖逃跑。關禁閉的懲罰才結束，旋即又被關了進去。守衛的士兵們早已對她的行徑感到厭煩，但安子媽媽有特別交代：不許對她的「商品」們動粗。因此面對莎琳的頑強抵抗，士兵們也才稍稍收斂起鎮壓部落時的殘暴。然而莎琳也深知，在經歷完一連串強迫沐浴、更衣，以及向軍醫袒露私處，充滿羞恥的性病檢查後，看來「那個日子」也不遠了。

被囚禁的孤獨，讓那個沒有期限的等待更加令莎琳焦慮⋯⋯。

偶爾前來探視的那個台灣少年──「林、逸、平」──儘管每次相處的時間都十分短暫，但他溫柔的話語、純真的笑容，不知不覺間已成為她在這無盡惡夢裡，得以暫且忘記憂慮的慰藉。

這天，逸平再次來到倉庫，手裡還帶著幾根香蕉。由於沒辦法弄來更好一點的食物，他心裡覺得有些不好意思。然而莎琳卻只注意到他臉頰上的瘀青，還有散佈在手臂上的各種傷痕。

莎琳：你的面是閣按怎？　　　　　你的臉又怎麼了？

逸平不想回答她的問題，連忙遞上香蕉。

逸平：你腹肚會枵 -- 袂？我有紮　　　妳肚子會餓嗎？我有帶吃的。
　　　食 -- 的。

莎琳接過香蕉，卻嘆了一口氣。

莎琳：林 -- 先，感謝你逐擺攏來　　林先生，謝謝你每次都來探望我，
　　　共我看，猶毋過佢講過幾工　　但他們說過幾天就要開始「訓練」
　　　就欲開始「訓練」-- 矣。　　　了。
逸平：訓練？意思是……？　　　　　訓練？意思是……？
莎琳：後逝除非你來慰安所，無咱　　以後除非你來慰安所，不然我們應
　　　恐驚無法度閣見面 -- 矣。　　該就無法再見面了。
逸平：……我是袂去彼款所在。猶　　……我是不會去那種地方的。但妳
　　　毋過你放心，我會繼續替你　　放心，我會繼續替妳找十字架！
　　　揣十字架！
莎琳：若是講你會當助我逃脫，我　　如果你能幫我逃離這裡，我會更開
　　　會閣較歡喜……。　　　　　　心……。
逸平：哎 -- 唷，我就講我真正無　　唉呦，我就真的沒辦法——
　　　法度——

　　逸平無奈地搔了搔頭，卻不慎碰到了傷口，痛得叫出了聲！——他隨
即發現莎琳擔心的眼神，想馬上裝作沒事卻已來不及。

莎琳：你閣佮人相拍？　　　　　　　你又和人打架了？
逸平：彼 是 有 人 來 共 我 共　　那是因為別人挑釁——
　　　（kāng）——

莎琳：逐擺攏按呢。

逸平：你曷母是全款，明明知影走
　　　無路，閣一直逃走。……你
　　　敢會因為按呢就看我無？

每次都這樣。

妳還不是一樣，明知道逃不了，卻
還一直想逃。……妳會這樣就瞧不
起我嗎？

兩人靜默了片刻，莎琳才又再次開口。

莎琳：較早的時陣，我捌聽阿母
　　　講，每一個人兩爿的肩胛頭
　　　頂，攏有一個天使。佇你心
　　　內躊躇的時，正爿的天使愛
　　　你做歹，倒爿的天使會教你
　　　行善。

逸平：天使嘛會教人做歹代誌？

莎琳：人講有好就有䆀，無兩好相
　　　排--啊。

逸平：嘛有影。

很久以前，我曾聽媽媽說過，每個
人兩邊肩膀上，都有一個天使。在
你內心遲疑時，右邊的天使會令你
做惡，左邊的天使則會要你行善。

天使也會教人做壞事？

人說有好就有壞，好事不成雙呀。

也是。

逸平和莎琳都笑了。

　　兩人凝視彼此。這一刻如此令人安心，令人感覺平靜，彷彿時間停止
了一般──這時，催促的敲門聲傳來，兩人之間淡淡的情愫，隨即變成尷
尬。他們連忙撇過臉，將方才湧現的情思，藏入各自的心中。

逸平：我通好來去（laih）--矣，你
　　　愛保重。

我該走了，妳要保重。

逸平向賴莎琳深深一鞠躬，正要轉身離去時，卻被莎琳拉住。

莎琳：林 -- 先！倒爿天使的聲一　　　　林先生！左邊天使的聲音永遠常
　　　　直攏伫 -- 咧，你若有心，　　　　伴，只要你用心，就能夠聽見。
　　　　就會得聽。

逸平似懂非懂地點了點頭。

逸平：多謝 -- 你。再會。　　　　　　　謝謝妳。再見。
莎琳：你愛保重。　　　　　　　　　　　你要保重。
逸平：你嘛是。　　　　　　　　　　　　妳也是。

　　木門重重地關上，倉庫恢復原本的寂靜。莎琳悵然地看著鐵窗外的夜
空，想著自己遙不可及的自由……。
　　「以後不會再見面了吧？」莎琳心裡想著。
　　她低頭為逸平禱告，祈求天主祝福：未來能讓他們 —— 尤其是逸平
—— 平平安安回到故鄉，繼續原本平凡的生活，一切無傷。

「你閣佮人相拍？」

「……你敢會因爲按呢就看我無？」

「正片的天使愛你做歹，
——倒片的天使會教你行善。」

◎ **場景**｜叢林

◎ **人物**｜逸平、小偷、吉本、雪子、月里、衆人

　　叢林邊緣，傳來數道槍響，伴隨鳥獸逃竄的哀鳴。

　　這群被盟軍海空封鎖在這座島嶼上，進退兩難的士兵們，生存就是他們最迫切的戰役。在田裡，他們是悉心照顧莊稼的農夫；而在林間，他們就化身發射無情子彈的獵人！—— 無論是山豬野鹿，還是雉雞蟒蛇，只要有肉能吃，骨頭可以熬湯，就能爲部隊弟兄增加珍貴的蛋白質。—— 因此，士兵個個無不卯足全力，四處搜尋飛禽走獸的蹤跡。

　　這天，狩獵小隊凱旋而歸。士兵們走出叢林時有說有笑，他們肩上扛著步槍，手裡提著的、背籠裡裝著的都是肥美的獵物。他們歡唱著勝利的軍歌，好似眞的打贏了一場勝戰。

山本：大豐收，加菜囉！

　　士兵山本朝著遙遠的軍營方向大喊，引來弟兄們哈哈大笑。

　　每個人的臉上都掛著笑容，只有逸平兩手空空，垂頭喪氣地走在隊伍最後。

阿全：山本君，厲害厲害！—— 不過還是金田君的槍法最準，百發百中。

山本：反正再怎樣都比はやし強，打了半天，什麼屁都沒有。

金田：身爲男人怎麼一點準頭都沒有？

逸平：隨便你們怎麼講啦……。

逸平心裡聽得頗不是滋味。山本和金田向來恃強欺弱，阿全雖同樣來自台灣，卻極盡狗腿巴結之能事。要不是長官訓誡逸平不准再和人起衝突，他早就用拳頭好好教訓這群嘴臉噁心的傢伙。

　　山本見逸平竟對自己的挖苦毫無反應，決定再次挑釁。

山本：我看你還是早點陣亡死死算了，別浪費糧食。

阿全：對啊，少了你，我們每天伙食可以多吃兩口——

逸平：你們不要太過份喔！

金田：這樣就生氣啦，廢物！

　　逸平努力壓抑怒氣，不知不覺握緊了拳頭。

金田：怎樣？要打架嗎？

　　逸平衝上前想揍人，金田也擺出隨時奉陪的架勢，但他們隨即被同袍架開。

山本：小心點！他有長官罩——

逸平：你以為是我自願的嗎？

金田：誰知道！成天拍馬屁的傢伙，呸！

逸平：我才沒有！

阿全：算了啦，我們走——

山本：別理這個沒種的傢伙！

　　士兵們接續唱起凱旋軍歌。逸平氣憤難消地佇立在原地，怒瞪著小隊

逐漸遠去。

逸平：我……才沒有那麼弱！

　　逸平舉槍朝向樹林射擊，「砰！」地瞬間鳥獸倉皇逃竄。
像是宣洩了怒氣般，他望著自己方才擊中的枝梢，冷冷哼了聲。

逸平：十二公尺，好啊，挑戰十五公尺！

　　逸平邊數步邊倒退，絲毫未察覺小偷的到來。這個來自部落的野孩子，
無聲無息地溜到他背後，伸出手指瞄準他後庭，等待他自行倒車入庫。

逸平：十三、十四、十五 —— 啊啊啊！
小偷：哈哈哈！
逸平：你找死啊，小偷！

　　逸平作勢要揮拳向小偷，沒想到小偷卻悠哉以對。

小偷：懂不懂禮貌？虧我還動員全村去幫你找十字架耶！
逸平：啊，找到了嗎？

　　小偷伸手向林逸平討錢，逸平不甘願地從口袋掏出幾張紙幣，還來不
及點鈔，就被小偷一把掠過，轉眼已塞進褲兜。他心滿意足地從背袋翻出
兩根樹枝，隨興地交叉後交到逸平手上，逸平頓時傻眼。

小偷：拿去。

逸平：可惡，你耍我！

小偷：那些自以爲文明的傳教士超討厭，我才不要找什麼十字架咧！

逸平又好笑又好氣地指向小偷的鞋子，只見兩條鞋帶在地面拖行，沾滿了沙土。

逸平：臭小偷，你連鞋帶都不會綁，裝什麼大人啊？——來，我教你。

小偷：就跟你說了，我不需要！——小鬼子，你不敢開槍對不對，要不要我教你？

逸平：誰說的？我敢！

小偷：你、才、不、敢。小鬼子，在部落隨便一個獵人都比你強！

逸平：不可能。

小偷：喔？那來試看看呀——看，那裡有隻鴿子，把牠打下來加菜吧！

逸平立刻舉槍瞄準林間，一隻白鴿在陽光下閃閃發亮。

他不知不覺看得入迷，手指鬆開扳機，發出讚嘆。

逸平：這白鴿也太美了吧！不愧是象徵了希望與和平——

說時遲，那時快，小偷拉滿彈弓發射！——急速彈射的石卵，不偏不倚地正中白鴿，白鴿瞬間癱軟，從樹梢墜落地面。

小偷：耶！加菜。

逸平：喂！

小偷：對獵人來說，牠就只是獵物。

逸平：未免也太可憐了吧……。

小偷：可憐啊，你也只是個獵物。

逸平：我堂堂一個帝國軍人，好歹也是獵人吧！

小偷大笑出聲，心想：這個呆頭呆腦的大頭兵，已被自己玩弄在掌心啦！

小偷：小鬼子，你太不瞭解你自己了！

歌曲｜獵人與獵物

♪小偷

獵人，還是獵物？

♪逸平

我說了，就算數！

♪小偷

遊戲開始，一決勝負。

♪逸平

決不認輸！

小偷：你說說，你是哪一種獵物？

逸平：我是那種很強壯 —— 喂，我才不是什麼獵物！

小偷拿彈弓，接連射向逸平，見逸平急忙東閃西躲，不禁哈哈大笑。
即使手上拿著步槍，逸平此時此刻卻完全拿這個小鬼頭沒轍。

> ♪小偷
>
> 不管你多雄壯威武，
>
> 活到最後才算數，
>
> 獵物活該被吞下肚。

> ♪逸平
>
> 活著回去我心的歸宿。

> ♪小偷
>
> 獵人，還是獵物？
>
> 自己說的，才不算數！
>
> 就算是獵物，也得會狡兔三窟。
>
> 假裝獵人，死無葬身之處！

> ♪逸平
>
> 獵人，還是獵物——
>
> 自以為的，並不算數！
>
> 擅長逃避，還是追捕？
>
> 我自己也不清楚。

逸平好不容易從小偷手中奪過彈弓，不遠處卻好像有些什麼動靜。

逸平：你找死──

小偷：噓，好像有人來了！

　　小偷和逸平反射性地躲到樹叢裡，只見吉本學長收起了他平時那吊兒郎當的神氣模樣，竟低聲下氣地追著慰安所的大姊頭雪子。雪子則豪邁地大步前進，絲毫沒有想理會吉本的意思。

雪子：臭阿兵哥，你不要再纏著我了！

吉本：雪子姐姐，上次幫妳跑腿，妳明明沒這麼冷淡──

　　原來吉本學長背著弟兄們，偷偷在追女朋友！

　　逸平忖思：如果這時候他們走出去，到底是煞風景？還是反倒幫雪子解圍呢？──然而小偷卻忍不住偷笑，被逸平噓了聲。

小偷：可憐的獵物，掉進陷阱裡啦。

逸平：什麼？

　　這時雪子驟然停止腳步，跟屁蟲似的吉本煞車不及，差點跌在她身上。雪子強勢地手插著腰，從頭到腳審視眼前這個自不量力的阿兵哥。

♪**雪子**

自以為多雄壯威武，

我看不過是山豬！

　　吉本也不甘示弱地挺起胸膛，步步逼近雪子。

♪吉本

妳小心被我吞下肚

乖乖放棄，我的小白兔。

這時，雪子一把揪住吉本的衣領，把他拉向自己。雪子頸際的淡淡香氣朝吉本迎面襲來，他原本剛直的男子氣概，頓時化做在雪子指梢被玩弄的柔軟紗線。

♪雪子

獵人，就是獵物。

雪子笑臉盈盈地挑逗著吉本，原本不知所措的吉本，此刻完全放棄掙扎，只能不住傻笑，伸手摟抱向雪子。—— 但她卻猝不及防地用膝蓋頂向吉本下體，吉本頓時痛得大叫。

♪吉本

一時疏忽，一命嗚呼！

雪子：走開！朝鮮女人可不是好欺負的！

吉本：我……我……下次再幫妳買口紅！—— 就這樣設定了！

吉本痛得無法動彈，只能眼睜睜地看著雪子優雅地轉身離去。

逸平和小偷從樹叢中走出，逸平搭住吉本的肩，邊嘆氣邊搖頭。

逸平：學長！還以為你很厲害 ——

小偷：一個大男人，竟然被女人吃得死死的。

吉本：你這個小鬼頭說什麼啊？

♪逸平

你是獵人，還是獵物？

吉本：獵人啊！

♪逸平、小偷

自己說的，都不算數！

不管你多雄壯威武，

親一下，親一下，親一下，

就變成愛的俘虜。

這時，郵務兵騎著腳踏車進，手裡揮著信函。

郵務兵：はやし，有你的信！

吉本：是女生的字，沒收！

逸平：給我 ——

小偷：（搶過）哇，情書耶！

逸平：才不是！還來！

　　吉本好奇地一把搶過，逸平伸手想要奪回，沒想到吉本手上的信轉眼就又被小偷搶了過去。換做吉本和逸平一齊追著小偷。—— 這封信轉眼又回到吉本手上，三人繼續你追我跑的幼稚追逐。

逸平看著被傳來傳去的信函，心裡越發焦急：這座被盟軍封鎖的島嶼，幾乎出不去也進不來，這時竟有家書送達，乍看之下也沒有被審閱信件的長官塗黑的痕跡，可說是奇蹟！這兩個傢伙卻偏偏挑在這時候搗亂 —— 小偷本就惟恐天下不亂，吉本則趁機報復逸平的挖苦。三人各自的心聲與盤算交織著。

♪小偷

獵人為愛情屈服，被吞下肚。

♪吉本

以為到手，卻成為她的囊中物。

♪逸平

男人女人，誰是獵物？

♪吉本

誰能真的，分得清楚？

♪吉本

戰爭中的愛，
不是月光下的浪漫散步——

逸平好不容易搶過信紙，展閱的瞬間卻整個人愣住了。

逸平：月里 —— 伊死 -- 矣？　　　　月里 —— 她死了？

小偷和吉本面面相覷，不知該如何是好？吉本拍了拍逸平的肩想安慰他，卻被他一把推開，最後只能無奈地離去。

逸平盯著信紙，渾身顫抖。

信上娟秀的文字，彷彿故鄉午後的薰風徐徐吹拂，帶來了月里的聲音，以及童年回憶中兄妹四處遊玩的相處時光……。

月里：親愛的阿兄，我的身體愈來愈穤 -- 矣，最近阿爸阿母按算欲將厝賣掉，我袂當閣繼續拖累這个家，害你時到無所在通好轉 -- 來，所以我決定，我欲先來離開 -- 矣。	親愛的哥哥，我的身體越來越差了，最近爸媽計劃要把房子賣掉，我不能再拖累這個家，害你到時候無家可回，所以我決定，要先離開了。

回憶中，逸平手把手教月里騎單車，扶著顫顫巍巍的車架緩緩前進，月里驚呼連連，逸平則不斷鼓勵她：「可以的！沒問題的！」

月里：阿兄，你進前教我騎自轉車的時陣毋是有講 -- 過──	哥，你之前教我騎單車的時候不是說過──
逸平：路若是欲順順仔行，跤就愛砸砸踏，按呢才會直直向前毋驚反車。	如果想要騎得穩，腳就要踩個不停，這樣就能不斷向前進，也不怕翻車。
月里：我希望你會當好好仔活咧轉 -- 來。後世人，我閣來做你的小妹，好 -- 無？	我希望你能好好活著回來。下輩子，我再來當你的妹妹，可以嗎？

回憶中的月里，騎行的踏步愈加流順，車輪也隨之輕快飛馳。逸平跟在車後頭邊笑邊跑著，直到她越騎越快，再也看不見背影，只剩下單車鈴聲清脆地響著……。

意識回到現實的逸平痛苦吶喊，跪倒在地。

逸平：月里，你這个白賊鬼！月里──　　　月里，你這個大騙子！月里──

逸平彷彿頓失支撐的地面，雙腳懸空地墜入黑暗的無底深淵。
── 自己究竟為何而來？
── 當初放棄自己的信念加入軍隊，現在到底又算什麼？
── 太遲了！
一切都已無法挽回。曾經的執著，如今全都成為了虛無。
只剩無止無盡的眼淚，化成夜晚叢林的驟雨。

〈獵人與獵物〉

「男人女人，誰是獵物？誰能真的，分得清楚？」

「自以為多雄壯威武，
我看不過是山豬。」

一「小心點！他有長官罩──」

「小鬼子，在部落隨便一個獵人都比你強！」

「那邊有隻鴿子，我們把牠打下來加菜吧！」

「獵人，還是獵物——自以為的，並不算數！」

102

「阿兄，我希望你會當好好仔活咧轉──來。後世人，我閣來做你的小妹，好：無？」

第八場 — 愛情的遊戲

傍晚時分的驟雨又猛又急，像是亟欲洗刷島嶼炙熱如煉獄的污名般，用綿密的雨幕阻隔火紅夕陽，當烏雲散去時已是沁涼的夜。海風徐徐吹拂，月光皎潔而明亮，戰況停滯的前線難得地沈浸在一派靜謐的氣氛中。

然而一聲淒厲的尖叫，卻劃破這和平的假象。

慰安所接待軍官的房間，門扇倏地被推開，衣衫不整的雪子跌跌撞撞地奔逃而出，後頭跟著一位渾身赤裸的軍官，一邊叫囂，還不斷揮舞著手裡的武士刀！

作為安子媽媽的得力助手，雪子平時協助管理慰安所，有時也接待日本軍官。不同於舉止優雅、不怒而威的安子媽媽，雪子和搭檔千鶴是令人生畏的大姊頭，對待菜鳥新兵和新進的慰安婦們更是打罵無情。——然而平時氣焰旺盛的雪子，面對軍官的恐怖遊戲，卻也只能不斷跪地討饒。

臨間的軍官們聞聲開門，見雪子驚慌失措地在地上爬行，非但沒有伸出援手，竟還覺得滑稽地哈哈大笑，並用身體擋住她的去路。此時的雪子已顧不得體面，從軍官跨間飛快鑽過。——原本以為已經脫困，誰知道又被軍官們一把拖回，繼續欣賞著她如老鼠般四處逃竄，樂此不疲。

直到千鶴通知了安子媽媽，並帶著她匆匆趕來。安子四兩撥千金地安撫了正在興頭上的軍官們，並摟著渾身發抖的雪子離開慰安所，她才終於脫困。

安子：……已經沒事了，雪子。

雪子：那個軍官真的好恐怖……他突然拔出武士刀，我還以為他會殺了我！

千鶴：膽小鬼！

雪子：我是眞的很怕！

千鶴：雪子妳懂不懂情趣呀，那些男人就只是做做樣子，發洩發洩壓力，
　　　妳大驚小怪，是還想不想做生意呀？

安子：千鶴，少說兩句——

千鶴：安子媽媽，雪子沒膽那就換我上吧。

安子：去吧。

　　千鶴朝雪子冷哼了一聲，轉身離去。

　　安子心疼地爲雪子整理衣襟，拿出手帕爲她擦拭臉上的淚水。

安子：唉呀，妝都哭花了。

雪子：我不要……我再也不要了……。

安子：這不是妳或我可以選擇的。

雪子：安子媽媽……。

安子：妳越怕男人，他們就會讓妳越痛苦——

雪子：所有男人都好可恨！

　　安子苦笑地搖了搖頭。她心想：亂世之中的煙花女子，又有何尊嚴可
言呢？

　　當戰爭逐漸滲透進生活每個層面，在「國家總動員」體制下，生意漸
漸變得困窘，爲了繼續照顧這幾個還不成氣候的女孩，安子才決定響應奉
公，爲軍隊效力。女孩們也忠誠地追隨安子媽媽，但這南方戰場如此艱辛，
來自朝鮮北方的雪子應該更加辛苦吧？

安子：待會準備好就再進去吧。

雪子：可是……。

安子：放心，我一定會保護妳們的。

雪子還想再說些什麼，但安子只是溫柔地拍了拍她的背，頭也不回地離去。

安子並非無情，而是她深知：在和平的年代，也許女人可以是一朵備受呵護的嬌貴花朵。但如今面對時代狂飆的風暴，身為女人，身為弱者，必須靠自己的力量站起來。

雪子無助地坐在慰安所外的台階，努力想平復情緒，但還是不停地擦著眼淚。除了憤怒、委屈，更多的是不甘心。

儘管她擁有如純白梨花般的美貌，也曾嚮往過著平凡的人生，卻因家貧被父母推入火坑，從此無法掙脫與男人糾纏的宿命。後來，她從殖民地朝鮮輾轉來到日本內地，就此不提那個讓她心碎的朝鮮名字，成為了出賣靈肉的「雪子」。

她也曾相信那種恩客贖身的童話故事，但年過三十的她，已不再相信愛情，也不再期待能擁有幸福。她將安子媽媽視作人生榜樣，努力向她邁進，卻又不時因為自己太過軟弱而感到挫折。

這時，巡邏結束的吉本正要返回營舍，遠遠地就看見了雪子，於是他興奮地奔上前。

自從第一次押送部落女子來慰安所，吉本就被雪子的美貌給吸引。後來他開始想方設法接近雪子。從尋常野花，到得之不易的西洋化妝品，只要是有辦法弄到手的東西，吉本就會立刻送到雪子面前。

雪子從不排斥阿兵哥們的「進貢」，她則用曖昧作爲回報，讓他們在殘酷戰地有些慰藉和希望，不過男人們付出一切後，最終也只能心碎離去。

—— 不過這個叫吉本的男生似乎不太一樣。

不同於那些性格跳躍在拘謹與放縱兩極間的日本士兵，來自南方殖民地的吉本，彷彿身上帶著無止無盡的陽光與熱情。儘管年紀小自己許多歲，處事卻比絕大多數同齡的阿兵哥圓滑。從初次見面開始，每次遇見都會對雪子「姊姊、姊姊」地叫個不停，卻不顯得輕薄，反而讓人感覺親近。

雪子深知兩人不僅沒有未來，愛情還會把她害得慘兮兮。雖然理智極度抗拒，但在一次次相處累積下，內心卻越來越在意起這傢伙。

就在雪子最徬徨失落的當下，吉本竟然意外出現在面前 —— 正是她此刻最想見，也是最不想見的人。她連忙轉側身，不想讓吉本瞧見自己狼狽的模樣。

吉本：眞巧呀，雪子姊姊——

吉本察覺雪子的異狀，隨卽收起嘻皮笑臉，在她身旁蹲了下來。

吉本：妳在哭？
雪子：沒事，你走開！

見雪子將頭轉向另一邊，似乎不想多談。吉本靈機一動，使力鼓起堅實的臂膀肌肉，逕自湊到雪子臉旁。

吉本：來吧！我男人結實可靠的肩膀，今天免費借妳靠一下——
雪子：滾！

吉本：如果能讓妳開心，要我做什麼都可以！

雪子：別靠近我，我恨死男人了！

吉本：呃，可是，我好像很難變成不是男人耶。

雪子：……剁掉。

吉本：啊！

雪子：你不是說，只要能讓我開心，做什麼都可以嗎？

吉本：但這種的，好像有點 —— 痛？

雪子：我恨男人，總有一天我要把你們殺光！

吉本：等等，別這樣，有話好說嘛 ——

歌曲｜危險遊戲

♪吉本

妳好危險。

♪雪子

我好危險？

♪吉本

妳好危險。

♪雪子

你才危險！

♪吉本

愛情是最最危險的遊戲！

妳想玩？我奉陪。

♪雪子

要玩就回去玩你自己！

♪吉本

儘管來吧！

狠狠把我踩在腳底，

只要妳滿意，

只要妳開心，想要做什麼都行！

雪子冷哼一聲，一把掐住吉本的奶頭！

♪雪子

跟它說再見！

♪吉本

永別了，我的奶頭咿咿咿──

♪雪子

這次就先放過你。

見吉本得到了教訓，雪子鬆手，準備離去。

♪吉本

啊啊別放手，拜託請繼續——

雪子不禁詫異，心想：這傢伙是有什麼毛病嗎？

♪吉本

只要妳開心，

捏爆我奶頭，也沒問題！

♪雪子

你這個神經病！

雪子不客氣地搧吉本一巴掌，沒想到吉本邊摀著紅腫的臉頰，臉上卻掛著笑容。

吉本：看，這樣發洩出來不是很好嗎？

雪子：你……想玩是吧？

雪子不甘示弱地再次出手，這次她緊緊掐住了吉本的下體。

♪雪子

跟它說再見！

♪吉本

永別了，我的——

吉本：妳捨得嗎？

　　雪子剎時愣住，抬頭剛好與吉本四目相接。
　　面對吉本的深情凝視，兩人間的氣氛瞬間變得曖昧，雪子羞赧地抽回了手。

♪**雪子**
你好危險。

♪**吉本**
妳才危險。

♪**雪子**
你好危險。

♪**吉本**
妳才危險。

♪**雪子、吉本**
愛情是最危險的遊戲！

♪**雪子**
你想玩？

♪吉本

我奉陪！

♪雪子

別傻了，小弟弟！
這裡沒有你要的真心，

♪吉本

沒關係，就算只是遊戲。
我也會認真玩到底。

♪雪子

我想一刀砍死你！

♪吉本

那就砍在這裡，
給妳看我真正的心，
也想看妳，真正的心。

♪雪子

我的心，已代替我死去。
只剩下自欺欺人的遊戲。
你走吧，小弟弟，

♪吉本

我不走，我不走！

♪雪子

我真的不想傷害你！

♪吉本

別擔心，妳可以將我，

緊緊握在手掌心——

吉本一把拉住雪子的手，伸往自己的下體，引得雪子驚叫。

♪吉本

儘管來吧！

只要妳願意，只要妳開心，

捏爆我蛋蛋，也沒問題——

♪雪子

我很危險。

♪吉本

妳不危險。

♪雪子

你才危險。

♪吉本

我才危險。

♪雪子、吉本

愛情是最最危險的遊戲！

♪雪子

我敢玩？

♪吉本

我敢玩！

♪雪子

我願意？

♪吉本

我願意！

♪雪子、吉本

把全部通通交給你！

♪雪子

我想要一刀砍死你──

那就砍在這裡！

♪雪子、吉本

愛情，

就是最危險的遊戲 ——

他們越靠越近，直到雙唇緊緊貼在一起，兩人之間不再有任何的距離。

　　軍營角落的慰安所，儘管鐵絲網圍籬上綁著草席作爲隔離，但女人們的聲音卻清晰可聞。這裡就是安子媽媽的小王國 ── 幾間簡陋木造房舍圍繞著一方中庭，房舍採用當地傳統杆欄式建築，據說用木柱將整棟建築撐高離地，便能阻擋蟲蛇走獸與洪水。儘管如此，卻仍擋不住褲襠盈滿性慾的士兵們。

　　女人們接待完士兵後，用房間中的臉盆清潔身體，污水混雜著女人的哀嚎與血淚，直接潑灑在中庭，成爲一片濁紅的泥濘。

　　這天，安子穿著優雅的和服，悠然步行於架高的緣廊，宛若漂浮在遍地污穢之上而不染。安子深知自己在慰安所的女孩們眼裡，她的美麗，既是絕望的權威，也是救贖的冀盼。因此，她特地盛裝來迎接「新人」，因爲這群可憐的女孩，今天之後人生就從此不一樣了。

　　── 時間應該差不多了。

　　安子媽媽望向不遠處，雪子和千鶴正推著女孩們走進。

　　女孩們怯生生地張望周遭環境。過去這段時間，她們經歷了疲勞又飢餓的漫長行軍，又遭受士兵和慰安所大姊頭們的毆打。除了莎琳，所有人反抗的意志都已消磨殆盡。被用肥皂洗去了從家鄉帶來的氣味，再穿上質地陌生的袍服後，如今她們已和院內那些面無表情、冷眼旁觀的「學姊」們看似沒有兩樣。想到接下來將面對的苦難，令她們無法克制的發抖，縮著身子緊緊依靠彼此，隊伍也因此走走停停。

千鶴：快點！快點！

千鶴不耐煩地在後頭揮著藤條驅趕，其中一名女孩不慎跌倒在地，雪子見狀連忙蹲下攙扶。沒想到女孩反而嚇得大叫，爬回隊伍之中。

雪子不禁嘆了口氣。

雪子：……不要掙扎了，我們都逃不出去的。

千鶴：別說啦，她們又聽不懂！

千鶴邊說邊用藤條揮向女孩們，沒想到莎琳竟不服氣地挺身而出，一把抓住藤條，和千鶴扭打成一團。雪子趕緊上前想拉開她們，但強悍又倔強的兩人，一時半刻根本無法罷手。她們繼續互相拉扯對方的頭髮，還用指甲抓、用牙齒咬，慰安所中庭彷彿頓時化做充滿喧鬧的鬥獸場。

遠遠觀賞這場鬧劇的安子，臉上不禁露出一抿微笑。心想：雪子和千鶴，這兩個自己拉拔的女孩，果然還不成氣候。──而這個新來的部落女孩，無知為她帶來的勇氣，又能維持多久呢？

她深呼吸後，決定該是時候終結這場亂局了。

安子：好了！

安子渾厚而威嚴的聲音，讓原本紛擾的中庭瞬間肅靜。

千鶴和雪子將莎琳押到安子媽媽面前。三人全身上下都沾滿污泥，試圖做最後掙扎的莎琳顯得尤其狼狽。

站在緣廊邊居高臨下的安子媽媽，掏出手巾，憐惜地為莎琳擦拭臉上污漬。

安子：不管妳是被男人騙來、賣來，還是抓來的——我們，都一樣。取個新名字，原來的妳就不會受傷。

　　儘管莎琳對她的語言一無所知，卻能感受她不怒而威的權勢，不由得渾身戰慄，連忙奮力掙扎，厲聲尖叫。安子笑著招來士兵，將莎琳押進了慰安所的房間。所有部落來的女孩們哭泣著緊抱彼此，然而卻被士兵一個個無情的拉開，丟進標著各自番號的房間。頓時哭泣聲、嘶喊聲此起彼落。

　　雪子難受地撇過頭，不想讓安子媽媽看見自己眼眶含淚；千鶴則眼皮低垂，不斷深吸氣，吐出綿長而濁厚的氣息。只有安子媽媽神色自若，好似眼前這些景況，只是尋常的季節風景……。

安子：女人要活著，要想辦法……讓自己成為一顆樹。

歌曲｜女人樹

♪**安子**

從何而來？身在何處？

誰又真正在乎？

燈光暗去，青春謝幕，我是一棵女人樹。

♪**雪子**

當世界還年輕，我曾經是個女孩。

用全部自己，交換他的真心。

♪千鶴

每一首歌，每一支舞，每一次相遇，
都是未完待續。

♪安子

但他最後卻用背叛來報答妳。

♪千鶴、雪子

妳的青春——

♪安子

誰的青春？

♪千鶴、雪子

他的故事——

♪安子

誰的故事？

♪千鶴、雪子

都只是一場遊戲。

♪安子

沒有妳仍會繼續。
女人是樹，不是草也不是花。

沒人能將妳摘下。

拋棄回憶，埋葬過去，
活著，故事就會繼續。

♪千鶴、雪子
女人非花，女人是樹。
不輕易隨風飄零。

♪安子
繁花將盡，前戲倉促，
妳是一棵女人樹。

男人不可怕，
別把他們的鬼話當神話！
真實的他藏在假面下。
男人呀！

女人樹下是他們避風港。
小寶貝餓了嗎？
豐滿乳房，
隨時都 Welcome。

男人淚水在這裡埋藏，
我們就是戰場上的家，

男人呀！

不想活了就請來到，女人樹下來上吊。

時光流轉，一個接一個男人，走進女孩們的房間：一盆又一盆污水，潑灑在中庭淤泥間。當想像中的地獄變成了日常，所有哭聲、叫聲都逐漸變得疲乏。

♪安子

心手相連，

♪千鶴、雪子

肩並肩，心連心！

♪安子

連成一片森林，
化成灰又重生。

♪千鶴、雪子

死之後還有妳有她。

♪安子

激情褪去，笑容常駐，
我是一棵女人樹。
繁花將盡，又今度，
我是一棵女人樹。

新來的女孩們，逐漸融入慰安所棕褐色的背景。

一切都變得行禮如儀，不再有個性。

── 莎琳也是。

儘管被弄痛時仍會哭，姊妹們彼此安慰時偶爾也會笑，但一切感覺都變得矇矇矓矓。像在夢境，醒著，卻一點也不真實……。

某天，她突然發現，自己竟然已經很久沒有禱告。

── 原來不是上帝遺棄了自己，而是自己不知不覺遺忘了祂。

莎琳忍不住嚎啕大哭。宛如飄浮在失重的宇宙，儘管熟悉的繁星依舊，但指引方向的南十字星座，卻再也找不到了。

〈女人樹〉

一「女人要活著，要想辦法讓自己變成一棵樹。」

「……不要掙扎了，我們都逃不出去的。」

「拋棄回憶，埋葬過去，活著故事就會繼續。」

124

「不管妳是
被騙來、賣來，
還是抓來的——
我們，都一樣。」

——「取個新名字，原來的妳就不會受傷了。」

第十場 — 涙水的誓約

熱帶夜間的驟雨，如海浪般一波接一波地沖刷著這座島嶼，白晝的蒸溽熱氣早已消散無蹤，叢林裡的動物、軍營裡的士兵，無不蜷縮於遮蔽處，不想讓冰冷雨水一點一滴帶走珍貴的體溫。

大雨滂沱中，意志消沉的逸平被吉本強推來慰安所。吉本想說只要發洩性慾，就能讓逸平重新提振精神。儘管吉本是一番好意，但逸平卻毫無那種興致，企圖掙脫卻又被吉本抓了回來，渾身濕透地被推進了慰安所簡陋的隔間裡。

逸平：學長！開門！
吉本：給我解放完才准出來！

吉本不顧逸平叫喊，強硬地從外頭卡住了房門。

莎琳：連你嘛來 -- 矣……。　　　　　連你也來了……。

逸平聽到熟悉的聲音，轉頭竟是賴莎琳！

遍體鱗傷的她，用冰冷的眼神看著逸平。他頓時無地自容，連忙搥打門扇，呼喊學長開門，想立刻逃離這令人不堪的窘境。

逸平：……賴莎琳。　　　　　……賴莎琳。

莎琳：已經無賴莎琳這个人 -- 矣，
　　　佇遮佮你講話的人，名叫做
　　　さゆり……。

已經沒有賴莎琳這個人了，在這裡和你說話的，名字是小百合……。

兩人陷入了漫長的沉默，只有屋頂滲漏的雨滴，不斷在他們之間墜落。

莎琳：你敢有揣著我的十字架？

你有找到我的十字架嗎？

逸平搖了搖頭。

莎琳：嘛有影，山遐爾闊，是欲去
　　　佗位揣

也是，山這麼廣闊，要上哪找？

逸平：我無欲揣 -- 矣！我無欲揣
　　　彼个啥物十字架 -- 矣！

我不找了！我不要再找那什麼十字架的了！

莎琳：你這馬是按怎？

你現在是怎樣？

逸平：我無想欲講 -- 矣 -- 啦。

我不想說了。

莎琳：……做袂到就莫答應，講白
　　　賊！

……做不到就別答應，騙子！

逸平：你莫閣講 -- 矣！

妳別說了！

莎琳：恁攏全款！

你們都一樣！

逸平：你莫閣講 -- 矣！

妳別說了！

莎琳：你做袂到是按怎欲答應 --
　　　我，你就是一個白賊鬼！

你做不到為什麼還要答應我，你就是一個騙子！

逸平：你毋捌！你啥物攏毋捌——

妳不懂！妳什麼都不懂——

逸平情緒爆發地朝莎琳大吼，莎琳頓時愣住。

逸平：阮小妹死 -- 矣！伊才是白　　　　我妹妹死了！她是個騙子！……我
　　　　賊鬼！……我來遮做兵，到　　　來這裡當兵，到底是為了什麼？她
　　　　底是為著啥？伊哪會按呢放　　　怎麼可以就這樣丟下我一人，自己
　　　　我一個人，做伊離開？　　　　　離開？

他轉身背對莎琳，不想讓她看見自己強忍著淚水，然而身體卻顫抖不止。
　　莎琳被逸平的悲傷觸動，同樣身心受創的她，儘管想安慰，卻早已失
去溫柔的言語。她緩緩走上前，伸手想要解開逸平的褲襠。

逸平：你莫按呢 -- 啦！　　　　　　　妳不要這樣！

逸平嚇了一跳，隨即將她的手撥開，詫異地看向莎琳。
　　莎琳拾起床邊滑落的破毯，開始為逸平擦拭濕透的身體。在她黯淡的
眼神中，含著曖曖閃爍的淚光。

歌曲｜**你會當哭**

♪莎琳

你溫柔的笑容走去佗位？　　　　你溫柔的笑容去了哪裡？
你規身軀爍爍顫，親像重傷的野獸，　　你全身發抖，像重傷的野獸，
　若將我的身軀交 -- 出 - 去，　　　　若將我的身體交給你，
　敢會當安搭你靈魂的岫？　　　　　是否能安撫你靈魂的巢？

你若想欲哭，目屎就予伊（hoo）流，　　你若想哭，眼淚就讓它流，
　　你若需要我，就共我攬牢牢。　　　　你若需要我，就緊緊抱住我。

我看著你的純情，嘛看著你的真心。　　我看到你的純情，也看到你的真心。
　　　　目屎流，目屎滴，　　　　　　眼淚流，眼淚滴，
　　　　點點滴滴攏是你。　　　　　　點點滴滴都是你。
　　　　你會當哭，我無要緊——　　　　你可以哭，我沒關係——

逸平：莫按呢！你莫按呢！我母是　　　不要這樣！妳不要這樣！我不是那
　　　　彼款無路用的查埔囝！　　　　種沒種的男人！
莎琳：林 -- 先——　　　　　　　　林先生——

♪莎琳

　　　你是有血有目屎的好男兒，　　　　你是有血有淚的好男兒，
　　　才會傷心哭甲目屎掰袂離。　　　　才會傷心欲絕哭不停。
　　這就是你，想欲哭，無要緊。　　　　這就是你，想要哭，沒關係。
　　因為是你，我才會佇遮，我願意。　　因為是你，我才會在這，我願意。

　　　目屎母是軟汫的證明，　　　　　　眼淚不是軟弱的證明，
　　你是正直的人有溫柔的心。　　　　　你是正直的人有溫柔的心。
　　　　目屎流，目屎滴，　　　　　　眼淚流，眼淚滴，
　　　　點點滴滴攏是你，　　　　　　點點滴滴都是你，
　　　　你會當哭，我無要緊。　　　　　你可以哭，我沒關係。

莎琳溫熱的淚水，彷彿融解逸平凍結的心。身爲男人不被允許的脆弱，在她眞摯的情感面前，已無所遁形。逸平無法再假裝堅強，視線也隨之變得泫然模糊……。

雨，不知何時已經停了。

逸平：歹勢，我毋是刁工欲害你哭。	對不起，我不是故意害妳哭的。
莎琳：無要緊。傳教士捌講--過：擡頭看向南十字星，就永遠有向望——	沒關係。傳教士曾說過：抬頭看向南十字星，就永遠有希望——
逸平：南十字星？	南十字星？

雨過的天空，閃閃的星光從屋頂破洞間透了進來。

♪莎琳

南十字星，	南十字星，
伊佇天頂，閃閃爍爍，	它在天上閃爍，
揣無路通好轉--去，伊就會予咱指示。	找不到路回去，它就會給我們指引。

♪莎琳、逸平

南十字星，	南十字星，
就親像你，陪佇我的身邊。	就像你，陪在我身邊，
面對我／你自己，	面對我／你自己，
繼續活--落-去。	繼續活下去。

♪逸平

你徛佇遮！	妳站在這！

♪莎琳

暗夜當中，毋捌離開──　　黑夜當中，不曾離開──

♪逸平

我徛佇遮！　　我站在這！

♪莎琳

到天光的時。　　直到黎明時分。

♪莎琳、逸平

目屎流，目屎滴，　　眼淚流，眼淚滴，

點點滴滴攏是你。　　點點滴滴都是你。

你會當哭，我無要緊。　　你可以哭，我沒關係。

目屎流，目屎滴，　　眼淚流，眼淚滴，

點點滴滴攏是你。　　點點滴滴都是你。

你會當哭，我無要緊──　　你可以哭，我沒關係──

逸平和莎琳緊緊抱住對方。

──在無情殺戮的戰地，竟能遇見來自天南地北的彼此！

在南十字星的見證下，林逸平和賴莎琳，兩人之間不再有任何藩籬。

他們用淚水交換的真心，此時，溫熱而刺痛著。

〈你會當哭〉

「已經無賴莎琳這个人，──矣，佇遮佮你講話的人，名叫做さゆり……。」

──「你莫按呢！我母是彼款無路用的查埔囝！」

目屎流，目屎滴，
點點滴滴攏是你。
——你會當哭，我無要緊——

第十一場 — 南十字星

⊙ **場景** | 叢林

⊙ **人物** | 逸平、松永、小偷、衆人

　　血紅的巨大夕陽再次籠罩大地。叢林邊緣一輛傾倒的廢棄軍車旁，有座簡陋的草棚，底下堆棧著一些木箱、輪胎組成的桌椅，散放著棋牌、酒瓶以及清涼畫報。這裡原本只是座臨時搭建的小涼亭，但後來放棄開墾這塊田地後，就成爲士兵們摸魚打混的秘密基地。而長官們儘管知道，通常也就睜一隻眼，閉一隻眼。

　　這天，去部落巡視完的士兵們沒有立刻回營，將步槍擱在一旁，聚集在草棚下賭牌。他們招呼逸平一起加入，但逸平卻不合群地越走越遠。他正專心地尋找莎琳的十字架。

　　逸平邊走邊用步槍撥弄著路徑兩旁的草堆，偶爾發現閃閃發亮的光點，便立刻蹲下撿拾，但卻往往只是碎玻璃或金屬零件。叢林蒸溽的熱氣，讓他全身被汗水浸濕，儘管有如大海撈針，他仍執意想完成對莎琳的承諾。

　　小偷不知從什麼時候開始就潛伏在附近，神不知鬼不覺地出現，順手摸走了逸平插在後口袋的軍隊手牒。見他仍渾然不察，小偷於是撿石頭丟向他，正中逸平的後腦杓。

逸平：臭小偷，怎麼又是你啊？

　　這時逸平才發現小偷手上拿著自己的東西，立刻上前一把奪回。

小偷：喂，小鬼子，別再找那個鬼十字架。看，我幫你做的！

小偷一臉得意地，從口袋掏出一只用樹枝紮成、歪歪扭扭的十字架。

逸平見狀忍不住哈哈大笑，小偷失望地垮下了臉。

逸平：誰要你做的？我要找的是賴莎琳不見的那支。

小偷哼了聲，轉身就跑，一溜煙就消失在樹林中。

逸平笑著搖頭。心想：小偷這傢伙儘管人小鬼大，又愛偷部隊東西，但終究是個純真的孩子，如果他生於一個和平的國度，沒有戰爭也沒有殖民者，他是否就能更加無憂無慮地長大呢？

松永：你在這裡做什麼？

逸平聞聲回頭，驚訝地發現是長官松永！

他立刻背槍上肩，立正站好。

逸平：報告長官，我在找東西 ——
松永：遺失裝備了？
逸平：不是，那個……。
松永：放輕鬆，現在是休息時間。

逸平這才發現松永一身便裝，只見他從口袋掏出香菸，嘴裡叼了一根，又將香菸包遞向逸平，逸平怯生生地抽出一根。接著松永劃了一根火柴點燃香菸，又為逸平點了一根。兩人就坐在橫倒的林木上，各自靜默地抽著菸。

尷尬不已的逸平，不斷用眼角餘光看向松永。菸氣裊裊中，松永眼神空洞地看向前方，不若平日那般充滿威嚴，反而顯得落寞。逸平心想：他

是否也並不想成為一名討人厭的長官？只是這瘋狂的時勢，逼得所有人都無奈地成為不樂見的自己？

　　這時，松永突然嘆了口氣。逸平嚇了一跳，連忙別開視線，低頭猛吸菸，反而被濃烈的菸氣嗆得咳嗽。松永只是瞥了他一眼，抽完最後一口菸後，將菸碾熄。

松永：我聽說你在校時是柔道社的主將，來跟我較量看看。

逸平：報告，我覺得這樣可能不太好⋯⋯。

松永：哪裡不好？

逸平：我有看過您之前和別人的練習⋯⋯，我覺得您應該打不贏我。

　　話才脫口，逸平就後悔了。只見松永一愣，接著哈哈大笑。

松永：你這傢伙到底哪來的自信？

　　松永解下配槍，起身一把擒住林逸平，猝不及防地將他摔倒在地。
　　毫無防備的逸平躺在一地軟爛的落葉間，還搞不清楚到底發生了什麼事？而松永走到一旁，低頭俯視著他，臉上帶著輕蔑的笑容。

松永：呵，殖民地來的小鬼。

　　不甘心的逸平大吼一聲，從地上爬起，反擒住松永，將他撂倒在地。

松永：哈哈，不錯嘛！

兩人交互過招，時而吼叫，時而大笑，你來我往間渾身沾滿落葉和泥土，彷彿忘記彼此長官和士兵的身份之別，就只是兩個男人盡情較量身手，十分過癮。——突然一陣槍響，子彈倏地劃過松永的手臂，他立刻伏地躲藏。

　　這時數名部落勇士從林間竄出，四面八方包圍向他們。

　　竟然如此近距離遭受伏襲，寡不敵眾，他們到底該怎麼辦？

　　逸平頓時渾身僵硬，無法動彈。松永趕緊將逸平拖到一旁，以倒木作為掩護，抓起手槍開始還擊。——身為日本軍人的尊嚴，就是要奮戰到最後一刻！

　　子彈不斷從他們頂上掠過，其中一顆竟穿透腐朽的樹幹，從逸平耳朵旁鑽出！幸運逃過一劫的逸平這才回過神來，撿起步槍準備反擊。

　　這時，逸平背後的樹叢突然傳來窸窸窣窣的聲音。

松永：小心後面！

　　逸平不作他想地轉身開槍，卻沒想到眼前出現的不是別人，而是小偷！

　　槍林彈雨中，小偷像一片葉子，無聲地飄落在地。

　　逸平震驚地丟下步槍，不顧一切衝上前摟抱住他——逸平低頭，只見小偷手裡握著一只剛削好的十字架。

小偷：十字架……我幫你做的……。
逸平：你先不要講話，我馬上送你去找軍醫……。

　　他趕緊用手壓住小偷的傷口止血——但中彈的位置非常不妙，滲出的鮮血很快地染紅了逸平雙手，他不斷喊著「小偷、小偷」，卻喚不回他逐

漸消逝的生命，失血過多的身體很快就逐漸轉而冰冷。

　　這時我軍前來救援，部落勇士們聞聲一哄而散，眨眼消失在樹叢裡。全副武裝的士兵們，從松永和逸平身邊奔跑而過，槍聲、廝殺的叫吼，迴盪在樹林間。

　　逸平想一把抱起小偷，但小偷的脖子已經癱軟地垂下。

　　他頓時腿軟跪倒，喘氣、哭喊，松永上前拍了拍逸平的肩膀。

松永：這不是你的錯，はやし。
逸平：不要這樣叫我！

　　逸平惡狠狠地瞪著松永，撿起小偷做的十字架，發狂似地奔跑進樹林。

　　松永看著逸平消失的背影，又低頭看了看小偷已經失去生命光芒的雙眸。他緩緩蹲下，為小偷闔上眼睛，接著掏出手巾覆蓋上他的臉，並發出了無奈的嘆息。

　　逸平奔跑著穿梭在樹林間，想要遠遠逃離這一切。

　　「はやし」——他再也無法撕去這個貼在身上的日本名字，他的手沾滿了無辜孩子的鮮血，他已經與殘酷的帝國士兵毫無分別。

　　這樣的他，還能裝作若無其事地回去故鄉嗎？

　　這樣的他，還有資格回到心靈純潔的莎琳身邊，渴求救贖嗎？

歌曲｜南十字星

♪逸平

我無法度還予伊，　　我無法還給她，

伊拍毋見的十字架。　　她弄丟的十字架。

我該當按怎講起？　　我該如何說起？

這染血的十字架！　　這染血的十字架！

我該當按怎解說，　　我該如何解釋，

台灣人的手，　　台灣人的手，

為怎樣攑著日本人的槍？　　為何舉著日本人的槍？

個是欲按怎相信，　　他們要如何相信，

我沐著血水的軍衫內底，　　我染血的軍服裡面，

猶閣有我的真心？　　還有我的真心？

不知不覺，逸平已經來到島的盡頭，前方再也無路可走，只有一片無垠的大海。他站在高聳的山崖邊，底下浪濤拍打礁岩，不斷發出轟隆巨響。

── 如果就此躍下，是否就能一了百了，將所有罪惡沉到深深的海底呢？

死亡的誘惑，讓逸平為之動心，於是他一步、一步走向崖邊……。

此時夜色已全然籠罩島嶼，天空布滿燁燁星光。他的心臟狂跳，眼淚不斷滑落，當他踩在懸崖邊緣，深吸一口氣正準備躍下時，掌心突然一陣劇烈刺痛！

他這才發現，小偷做的十字架還緊緊握在他手裡 —— 木頭粗糙的邊緣劃破了他的皮膚，他溫熱的鮮血，就這麼淌流過小偷冰冷的血漬。

逸平突然腿一軟，跪倒在崖邊嚎啕大哭……。當他再次抬頭，發現天上明亮的南十字星，正安靜地凝視著他。

♪逸平

死亡的十字架，冷冷冰冰。　　死亡的十字架，冷冷冰冰。

就親像著火的鐵釘，　　像著火的鐵釘，

釘佇我的手中心。　　　　　　釘在我的手掌心。
我已經母是，原來的林逸平，　　我已經不是原來的林逸平，
我已經遠離，我的初心。　　　　我已經遠離，我的初心

天頂的南十字星，　　　　　　　天上的南十字星，
請你予我指示：　　　　　　　　請你給我指引：
我手心的十字架該當去佗位？　　我手中的十字架該往哪裡去？

南十字星，　　　　　　　　　　南十字星，
你佇天頂閃閃爍爍，　　　　　　你在天上閃爍，
看出我做過啥物事情！　　　　　看破我做過什麼事情。

綴著來時的跤步，　　　　　　　追隨來時的腳步，
揣著轉 -- 去的道路，　　　　　　找到回去的道路。
敢嘛會當揣著失去的自我？　　　是否找回失去的自我？

南十字星，　　　　　　　　　　南十字星，
請你予我勇氣！　　　　　　　　請你給我勇氣！
一直到日頭閣再照落塗跤彼一日。　一直到陽光再灑落大地那天。

南十字星！　　　　　　　　　　南十字星！
天一下光，你就消失。　　　　　天一亮，你就消失。

手中的十字架，愛交予伊。　　　手中的十字架，該交給她。
交予伊，共囥佇適當的位置。　　交給她，放在適當的位置。

我可以，我會當做轉去原來的自己！　　我可以，我可以做回原來的自己！
我相信，時代袂當改變我的名！　　我相信，時代不能改變我的名！

　　逸平再次握緊十字架，堅定地看著星空。

　　── 他的生命不能這樣毫無意義地結束！

　　在一切走到終點之前，他必須將自己燃燒殆盡，成為照亮黑暗的一道微光。

「喂，小鬼子，別再找那個鬼十字架。
——看，我幫你做的！」

——「殖民地來的小鬼，你這傢伙到底哪來的自信？」

142

——「這不是你的錯，はやし。」

「我該當按怎解說，台灣人的手，
為怎樣攑著日本人的槍？
一個是欲按怎相信，
我沐著血水的軍衫內底，
猶閣有我的真心？」

第二幕 *Second Act*

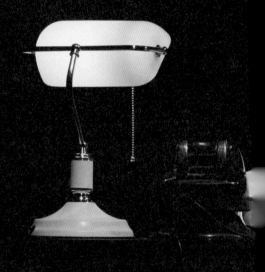

我開始，你繼續，

讓我們一起走下去。

第十二場 — 榮譽的軍伕

書齋裡，電話鈴聲漫長地響著，把作家從遙遠的回憶裡拉回現實。他長長地嘆了一口氣，放下筆時才發現，緊握筆桿的虎口正微微發疼。

他接起電話，女兒安琪的聲音從電話那端傳來。

作家：Angeru-- 喔！	安琪喔！
安琪：爸，我攏聽媽講 -- 矣，你規工直直寫物件，攏無咧歇睏著 -- 無？	爸，我都聽媽說了，你整天不停寫東西，都沒有休息對不對？
作家：無 -- 啦……。	沒有啦……。
安琪：愛會記得歇睏，揣時間佮朋友出去散步行行 -- 咧、做陣唱歌嘛袂穤 -- 矣。	要記得休息，找時間和朋友出去散散步、一起唱唱歌也很不錯呀。

作家還想說什麼，但電話那頭卻傳來旁人催促的聲音。安琪不等父親回應，急匆匆地說了聲再見，便掛斷電話回到自己的工作崗位。

作家緩緩放下話筒，不禁莞爾一笑，心想：年輕人怎麼講話這樣沒頭沒尾？還要聽她提醒自己出門散步、唱歌交際，真把自己當老人看待了？

……想著想著，他長嘆了一口氣。

注視案上稿紙滿滿的文字，它們好像長出了自己的生命，不斷不斷地蔓延出新的篇章。時光荏苒，女兒也在不知不覺間，從純真懵懂的大學生，成為成熟穩重的職場女強人。而不饒人的歲月，則持續為作家的髮鬢增添

星霜，他閉上乾澀的眼睛，決定休息片刻。

要把這個故事說完，到底還需要多久呢？

這時，他聽見窗外傳來雨聲。剛開始時，結實的雨珠落在庭院植栽的葉片上，聲音顆粒分明，接著雨勢漸強，逐漸連成一整片淅瀝淅瀝的嘈雜背景。

這令他不由得想起南洋叢林那肥碩的夜雨，彷彿想把陸地淹沒成為海洋般……。下雨的夜，總是聽著雨聲，哼唱起《雨夜花》的旋律：

雨夜花，雨夜花，受風雨吹落地 ——

突然間，軍鼓的節奏在他腦海中響起。

當年，這首台灣家鄉的歌謠，在軍國主義席捲之時，竟也改頭換面，變成大日本帝國雄壯威武的軍歌《榮譽的軍伕》，在軍隊高亢地唱頌著。

熟悉的旋律，伴隨著複雜的心情，作家再次走進了回憶……。

在慶祝日本建國的「紀元節」宴會上，軍營中庭廣場上燃起熊熊營火，新搭建的草棚圍繞在周圍，軍官、士兵，以及鄰近友好的部落酋長齊聚一堂，享受難得豐盛的食物與酒水。盛裝的部落女子也扭腰擺臀，隨鼓聲節奏起舞。

歌曲｜榮譽の軍伕

♪衆人

日出之國，東亞稱雄，軍旗飛揚，新世紀。
感佩天皇，賜我生命，保家衛民，向前進！

英勇無敵，帝國士兵，奉獻生命，拼第一。
一心一意，不容懷疑，貫徹到底，最忠心！

櫻花凋零，依舊美麗，爲國而死，不足惜。
世界大同，神聖使命，前仆後繼，不停息！

　　歌聲與笑聲不絕於耳，衆人時而高呼大日本帝國萬歲，一派和樂融融的氣氛，彷彿戰爭的陰影從來都不曾存在。

　　然而在遠離熱鬧宴會的軍營外，在夜色掩護下，逸平拉著莎琳的手，無聲無息地穿過叢林小徑。

　　莎琳雙眼被蒙上布條，她好奇地不斷轉頭向四周，猜想著逸平要帶自己去哪裡？── 他說這是一個驚喜，不能讓其他人知道。── 但隨著腳底踩的夯土路面，逐漸變成草葉拂動的軟泥小徑。她原本興奮的心情，逐漸被隱隱浮動的不安給取代。

逸平：較細膩 -- 喔。	小心一點喔。
莎琳：林 -- 先，你是欲焉我去看啥物？	林先生，你是要帶我去看什麼？
逸平：無你臆看覓 -- 啊？	不然妳猜猜看？
莎琳：咱 若 像 已 經 行 足 遠 -- 矣……。	我們好像已經走很遠了……。
逸平：欲到 -- 矣、欲到 -- 矣……。	要到了、要到了……。

終於，逸平停下了腳步。他溫柔地解開莎琳的蒙眼布 —— 隨之映入莎琳眼簾的卻是一片雜草叢生的亂葬崗，她不禁打了個冷顫。

莎琳：你柭我來遮欲創啥？　　　　　你帶我來這裡幹嘛？

逸平：趁今仔日守備人少，我按算　趁今天守備人少，我打算將妳偷偷
　　　將你偷偷仔送離開軍營。　　　地送離軍營

莎琳：啊！你若是予軍部搜（tsang）--　如果被軍部逮到就是死路一條！
　　　著就是死路一條！

逸平：我無要緊，你平安離開就好。　我沒關係，妳平安離開就好。

莎琳：無按呢咱做伙走，好 -- 無？　不然我們一起離開，好不好？

逸平：歹勢，我無法度。　　　　　　抱歉，我沒辦法

莎琳：是按怎？　　　　　　　　　　為什麼？

逸平從口袋掏出一只十字架。
上頭小偷的血跡已乾涸變黑，彷彿斑駁的花紋。
他努力克制顫抖的手，將十字架輕輕放在莎琳的掌心。

逸平：這個十字架，是一個囡仔做　這個十字架，是一個小孩為我做
　　　予 -- 我 -- 的……，猶毋過伊　的……，但他卻被我槍殺了。
　　　煞予我銃殺 -- 矣。

莎琳：啊！

逸平在一個新堆成的土丘前跪了下來。

逸平：我共伊和軍部銃決的屍體埋做伙，袂輸害死家己的親小弟，我是無法度彌補 -- 矣。實在有夠無路用 -- 的，我連想欲自殺都毋敢，這馬予軍部掠 -- 著銃決嘛是準拄好。

我把他跟被軍隊槍決的屍體埋在一起，好似害死自己的親生弟弟，我沒辦法彌補了。實在很窩囊，我連想自殺都不敢，現在被軍隊抓去槍斃也只是剛好罷了。

莎琳：你是咧烏白講啥……。

你在亂講什麼……。

逸平：至少佇彼進前，我閣會當放你走。

至少在那之前，我還能放妳走。

莎琳：我無愛！

我不要！

　　莎琳眼神堅定地看著逸平。儘管夢想中的自由近在眼前，但此刻種種交雜的情緒同時侵襲著她，驚訝、憤怒、悲傷、失望 —— 自己與眼前的這個男人，不是曾用眼淚交換了彼此的真心，願意將最真實軟弱的自我展現在對方眼前嗎？怎麼這時候，他又自顧自地做出了這種逞強的決定？

逸平：你緊走，欲無時間 -- 矣！

妳快走，要沒時間了！

莎琳：你啥物攏家己決定好勢，按呢我對你來講到底算啥？

你什麼都自己決定好，這樣我對你來說到底算什麼？

逸平：……天使就應該自由飛，無應該留佇咧這種地獄受苦罪。

天使就應該自由飛，不應該留在這種地獄受苦受罪

莎琳：毋是按呢！林 -- 先，我袂離開，你嘛袂死，咱就好好仔活 -- 落 - 去。好 -- 無？

不是這樣的！林先生，我不會走，你也不會死，我們都好好活著，好不好？

逸平：你緊走……。

妳快走……。

莎琳：我講 -- 過 -- 矣 —— 我無愛！

我講過了 —— 我不要！

莎琳直挺挺地站穩腳步，沒有絲毫退讓。

逸平從她淚光閃閃的眼神中，讀出她不會輕易屈服的意志。但如果錯過今晚這難得的機會，下次要放她逃跑就不知道是什麼時候了。

他把心一橫，深吸了一口氣，舉起肩上背著的步槍，槍口直挺挺地對著莎琳，莎琳驚訝地撑大了眼睛。

逸平：走！	走！
莎琳：林 -- 先！	林先生！

見莎琳反而更往前走了一步，無計可施的逸平只能對空鳴槍喝阻！
「砰！」一聲巨響，劃破夜晚的叢林。
這下，軍營裡不可能沒有人聽到，莎琳已經沒有回頭路了。

逸平：走！	走！

莎琳渾身顫抖不已，卻仍一步、一步朝槍口靠近，直到炙熱的槍管緊緊抵住了她的胸口。她並非無所畏懼，相反地如此接近死亡，令她幾近暈眩。但她深信著逸平與她共同立下的誓言：好好活著，誰也不會背棄彼此。

至此，情勢逆選，被逼得無路可退的人變成了逸平。

逸平：我毋是叫你緊走！	我不是叫妳快走！
莎琳：我想欲……想欲佮你……好好仔活 -- 落 - 去！拜託 -- 你！拜託──	我想要……想要跟你……好好地活下去！拜託你！拜託──

逸平內心的堡壘劇烈地動搖著，氾濫的眼淚逐漸模糊了他的視線。

——如果坦然迎接死亡，是否就真的能夠彌補罪愆？
——如果選擇愧疚地活著，靈魂的污點是否永遠難以滌淨？

曾經，他覺得自己一無所有，然而此時他卻發現，自己同時也肩負著莎琳活下去的希望。

——活著，努力活著！

他放下步槍，緊緊地抱住了莎琳。

——背負起那沉重的十字架，所有的過錯，就用餘生來償還吧！

「日出之國，東亞稱雄，軍旗飛揚，新世紀。
感佩天皇，賜我生命，保家衛民，向前進！」

「英勇無敵，帝國士兵，奉獻生命，拼第一。
一心一意，不容懷疑，貫徹到底，最忠心！」

「林──先，你是欲𤆬我去看啥物？
──咱若像已經行足遠──矣……。」

「這个十字架，是一个囡仔做予──我──的……
──猶毋過伊煞予我銃殺──矣。」

「……天使就應該自由飛，
無應該留佇咧這種地獄受苦罪。
你緊走！」

「我想欲佮你……
好好仔活……落……去！拜託——」

第十三場 — **燃燒的心**

◎ **場景** │ 叢林、東京街頭
◎ **人物** │ 逸平、莎琳、松永、安子、
平田、衆人

漫長的擁抱後，逸平和莎琳緩緩分開，看著彼此涕淚縱橫的狼狽模樣，
不禁笑出聲，互相伸手爲對方抹去臉上的淚水。

逸平：你哪會遮懵……。 　　妳怎麼這麼傻……。

莎琳：你才是，哪會逿爾愛哭 -- 啦。 　　你才是，怎麼那麼愛哭啦。

逸平笑了，他緊緊握住莎琳的手。
突然，手電筒刺眼的光線從他們背後照亮。

金田：你私自帶著慰安婦要去哪裡！

逸平回頭只見是兩名巡邏的士兵。
——糟了！
其中一人是向來與逸平交惡的金田，他正舉著步槍對著逸平。這下看
來是無法全身而退了。

金田：把槍放下！

莎琳恐懼地躲在逸平背後，緊抓著他的手臂。逸平看了看自己手上的
步槍，心想：只能拼了！或許莎琳還有機會趁亂逃跑。逸平深吸一口氣，
熟練地舉起步槍對著金田，莎琳驚呼一聲。雙方槍口相對，空氣彷彿瞬間

凍結凝滯。

　　就在彼此劍拔弩張，局勢眼看一發不可收拾之際，安子媽媽和松永匆忙地趕到現場，讓原本緊繃的氣氛變得更加詭譎。

　　原來安子媽媽接到雪子和千鶴通知：莎琳突然從慰安所人間蒸發，同時還有人看見有阿兵哥鑽過鐵絲網下的破洞！——向來慰安所任何大小事，都無法從安子媽媽眼皮下溜過，女孩們和哪個士兵之間的小情小愛也是。她連忙差人四處尋找，並通知長官松永。慰安婦逃跑事小，但和士兵一起私奔，逃兵之罪可就非同小可了。

　　松永看到逸平護著背後的慰安婦，還舉槍對著自己的同袍，滿腔怒火立刻引爆。他心想：這傢伙竟然又給我惹出了這種麻煩！難道這匹來自殖民地的野馬，即使被套上了韁繩，仍永遠不願受控嗎？

　　——放棄吧！即使他如此神似記憶中的那人。

　　但當松永看見逸平驚惶無助的眼神，他的態度最終還是軟化了。

　　他一步步走向逸平，用身體隔開對峙的雙方。

松永：はやし⋯⋯，幹得好。

逸平：啊？

　　松永一把握住逸平的槍管，才一眨眼功夫，步槍就被松永俐落地奪去。松永轉身看向金田，讀出了他眼中的狐疑。

松永：傳言有慰安婦要逃跑，我派はやし來察看，果然逮到人了。

　　面對長官突如其來地強硬搭救，逸平腦袋陷入一片混亂，渾身冷汗直

流、手腳更是止不住地顫抖。

金田：可是長官 ——
松永：這件事已經結了！

被松永的氣勢震懾，金田也只能立正喊是。
安子媽媽上前攙扶莎琳，卻被她一把推開，但她隨即就被兩名士兵架住胳膊，動彈不得。

松永：把人送回去……記得給她一點教訓！

—— 教訓？什麼教訓？
林逸平氣憤地渾身發抖。
—— 這群殘暴又飢渴的日本士兵，到底會對她做些什麼？
莎琳不斷呼喊求救，逸平奮力追上前，卻被松永扳倒在地，並用膝蓋壓制住他的後頸，讓逸平幾乎喘不過氣。
在安子媽媽引路下，莎琳被士兵們帶離開現場，她淒厲的尖叫聲最終消失在濃密的樹林裡。

松永：……回去吧，我會當作這件事沒有發生過。

逸平奮力掙脫松永，從地上躍起，怒視著他。

松永：堂堂大日本帝國軍人，為了一個慰安婦值得嗎！

原本囚禁於逸平內心的野獸出柙了！

逸平憤怒地撲上前，一把將松永過肩摔在地面，接連揮拳向他——轉眼間，松永已是滿臉瘀青，嘴角汨汨冒出的鮮血，染紅他漿整過的潔白領口。

正當逸平要再次揮拳時，松永伸手捎住逸平的手臂，邊大口喘著氣。

松永：這拳揮下去，就沒人救得了你了……。

逸平握拳的手停在空中，不住地顫抖著。

這個沉醉在大東亞共榮美夢裡的男人，堅持著可悲的軍國主義，自己難道還想繼續跟他一起同流合污，一齊走上毀滅之路嗎？

逸平什麼也不管了！

他臉上掛滿飽受屈辱的淚水，最後一拳重重揮向松永。

這時，不知何故折返的安子，見狀發出驚叫。

逸平：我袂閣為日本仔鬼做任何代　　我不會再為日本鬼子做任何事情！
　　　誌！

逸平轉身奔向方才莎琳消失的方向。

他的心臟劇烈地跳動著。

——說不定，他還來得及阻止那群禽獸士兵傷害莎琳，然後好好教訓他們一頓！說不定，在被關進暗無天日的禁閉室前，他還能夠好好看莎琳最後一眼……。

逸平離去後，安子連忙上前攙扶松永，邊回頭呼喊救兵。

安子：守衛！守衛——

松永：讓他走。

安子：守衛！

松永：讓他走！

安子：你爲什麼要這麼縱容他？

松永：我之後會好好處置他的。

松永的語氣如往常般平靜而冰冷，好似方才發生的事情全然不值得一提。

他轉頭避開安子的視線，用手巾抹去臉上的鮮血。手巾隨卽吸滿濕冷的血污，無法再優雅地折疊好收回口袋，松永隨手將它扔進腳邊渾濁的水窪裡。

松永：……回去吧。

安子沒有動作，她仍瞪大眼注視著松永。

她著實無法相信，這樣一位向來鐵血無情，紀律森嚴的軍官，竟然會袒護一個殖民地來的小兵到這種程度？——突然一個奇異的想法，如匕首般劃開在她腦海糾結的迷宮，她彷彿瞬間看到出口那澄澈清透的風景。

松永：回去。

見安子沒有反應，松永撿起掉落的軍帽，戴妥後逕自轉身離去。

這時，安子的聲音從背後傳來，令他倏地停下腳步。

安子：他……是不是讓你想起了什麼人？

松永回頭望向安子，只見她鋒利的眼神裡，同時泛滿苦澀的淚光。

——這真該死的，無與倫比的，女人的直覺。

另一邊，他的沉默，已經給了安子想要的答案。

松永已心有所屬，且是她用盡任何手段都無法取代的。

不等松永開口，安子優雅地向松永一鞠躬。

安子：……晚安，松永君。

她踏著悠緩的腳步走進樹林裡的小徑，但當遠離松永視線時，她再也無法繼續強撐體面。她開始在林間奔跑，想遠遠遁離這個世界。對愛的憧憬已隨晚風消散，明天起她又該如何面對無所寄託的無聊生活？

安子離開後，松永留在原地不知過了多久。

他不願任何人看到這樣的自己，畢竟身為一名帝國軍官，在這場神聖的戰爭中，除了炙熱的愛國，其餘軟弱的情感都是不需要的。然而，他原本平靜如止水的心湖，卻因為逸平的出現，所有沈積的往事開始被攪動。——他的人性、他的軟弱、他亟欲隱藏的過去，如今卻都已昭然若揭。

他煩亂地回到軍營，宴會結束後的廣場空無一人，殘餘的營火仍奮力燃燒，彷彿要和黑暗的夜拼鬥到最後一刻。

凝視著明亮躍動的營火，他的眼膜上逐漸浮現出黑色的殘影，像是一個穿著漆黑學生制服的人影，不斷朝他走來。

松永：平田君……。

松永感到渾身燥熱，幾乎喘不過氣。

── 平田，他和逸平是如此相似，偏偏卻又全然不同。

多年來以爲已逐漸淡忘的那人身影，此時卻越來越清晰 ── 彷彿是從潭底冒出的熔岩，將松永胸腔的血液沸騰，緊接引燃了他的全身……。

歌曲｜火

♪松永

爲什麼 ──

他的眼睛，他的笑，那麼像？

爲什麼 ──

他的溫度，他的倔強，都一樣？

這種感覺、悸動，已經被我遺忘了多久？

燃燒的火，

請告訴我 ──

在火光中搖曳的回憶，將他帶往二十多年前的往日歲月……。

1923 年，東京。

身穿立領制服的少年松永，漫步在銀座街頭時髦的人行道上。

那些年，大日本帝國在戰爭中接連打贏中國與俄國，又掠取了台灣和朝鮮做爲殖民地，躋身世界列強之林。昔日充滿東洋島國風情的江戶，如今已脫胎換骨，變身成傲視全亞洲的西化城市，強盛而美麗 ── 聳立的磚造樓房、先進的鐘塔、優美的鑄鐵街燈，還有地面電車的掛鈴噹噹作響……，一切的一切，彷彿都象徵著日本光明的未來。── 少年松永是如

此深信著。

　　然而，他的同窗平田君，卻懷抱著比他更遠大的理想。

　　平田時常在教室、在食堂，甚至帶著木箱，在街頭慷慨激昂地宣講。
他認為，若要守護現在美好的生活，國家就不能安於現狀，必須「進出亞
洲」，才能讓大日本帝國更加富強，再也不用看歐美強權的臉色。

♪松永

那年，漫長的暑假，只有我和他。

他的眼神，光芒閃耀，

充滿理想，毫不偽裝，

他說——

平田：正義終究伸張，時代青年不要為列強屈服！我們必須將整個亞洲，
　　　　從殖民者的手中解放！

　　他的純真率直、勇敢且無懼，同時有著無與倫比的愛國情操，疊加於
他帥氣的外表和燦爛笑容上，都在少年松永眼中閃爍著耀眼光芒。

♪松永

他握住我的手，炙熱的手，

他的眼神，點燃了我。

平田：你確定嗎？現在回頭，還來得及。

　　松永渴望自己能靠近平田一點，一起分享他的信念與夢想，一起度過

熱血的青春時光 —— 甚至，成為他無可取代的「兄弟」。

屬於他們的命運轉輪，自此劇烈地滾動了起來 ——

♪松永

火燒啊燒啊燒，多危險多驕傲。

火燒啊燒啊燒，他的心在燃燒。

相信世界不會永遠這樣，

別再忍受，起身反抗。

你說，沒關係，就一起燃燒。

突然地動天搖，我們的青春，

結束在地震發生的九月一號。

火熄滅了，城市躺下了。

你留下了我。

火燒啊燒啊燒，整座城市在燃燒。

火燒啊燒啊燒，聽不見我在哀嚎。

骨灰堆成山丘，你在那裡嗎？

我們的青春你帶走了嗎？

你的理想成為灰燼了嗎？

不，我的心還在燃燒！

我會活著，化作神風，

正義之火，在世界燃燒。

火燒啊燒啊燒，你的心繼續燃燒，
火燒啊燒啊燒，我的心繼續燃燒。

かみかぜ，
不曾懷疑，不曾恐懼，
不曾停留，
也不曾回答我……

　　痛苦的回憶再次撕裂了松永。——關東大地震以及隨之而來的大火，
摧毀了大日本帝國的首都，十幾萬人的生命消逝在瓦礫堆與烈焰之中。
——心痛如割的他，離開燃燒著的火堆，緩緩走進了黑暗……。

　　平田遽然離去，往後數十年，松永獨自走上了他們未竟的道路。

　　他們當時未曾料想得到：這場無情的天災，再加上後來世界局勢的變
化，間接促使日本步上軍國主義的道路，開啟這場數百萬人犧牲的侵略戰
爭。

〈火〉

「堂堂大日本帝國軍人，為了一個慰安婦——值得嗎！」

「他……是不是讓你想起了什麼人？」

「我袂閣爲日本仔鬼
——做任何代誌！」

「かみかぜ，不曾懷疑，
不曾恐懼，不曾停留，
也不曾回答我……。」

「這種感覺、悸動，
已經被我遺忘了多久？」

「你確定嗎?現在回頭,還來得及。」

「火燒啊燒啊燒,我的心繼續燃燒。」

　　夜晚，星月隱身於層層雲翳。叢林邊緣草木雜生的亂葬崗，氣氛顯得格外陰鬱。

　　吉本依靠掛在胸口微弱的手電筒光線，獨自揮舞鐵鏟，像要鑿穿地殼似地奮力挖著洞，嘴裡不住抱怨著學長們把這種苦差事丟給他一人。

　　稍早，軍隊在「訊問」幾位可疑的部落勇士時，用刑過猛害他們斷了氣。上頭考量將屍體發回部落，難免再掀波瀾，不如就地掩埋，讓這些人從此下落不明。

　　吉本終於完成一個比人還高的深坑，當他想從坑底爬出時，鬆軟的土壤卻讓他腳底頻頻打滑。好不容易奮力一躍，雙臂攀在洞緣，正想要一鼓作氣掙脫出洞時，沒想到卻傳來幽幽的女聲，叫喚著他的名字 ── 吉本一驚，整個人再次跌落洞底。

　　這時，從小到大聽過的各種鬼怪奇談，一口氣全在他腦海浮現。他頭皮發麻地看向四周，洞口邊緣的土石正微微地往下崩落。他渾身一震，心想：該不會是什麼冤魂想要抓交替，要將他活埋在這充滿腐臭味的墓洞中吧？

　　極度恐懼下，就連平常堅決只說日語的吉本，也用熟悉的台語喃喃唸起：南無阿彌陀佛……南無阿彌陀佛 ──

雪子：吉本君！

　　雪子突然從洞口探頭，再次嚇了吉本一跳。

吉本：雪子？妳來這裡幹嘛？

雪子不發一語，伸手向吉本，想將他從洞底拉起，卻沒想到自己撐不住吉本的重量，反而跟著跌進了洞裡，整個人重重壓在吉本身上 ── 雪子連忙起身，擔心吉本有沒有受傷？只見他呵呵傻笑，還在回味雪子貼在身上的柔軟觸感。

雪子神情不悅地，從掛在手上的包袱巾裡掏出鈔票，一把塞在吉本手上。

雪子：給你，上次你幫我買口紅的錢、還有上上次買絲襪的、還有之前
　　　 ──
吉本：等等，妳幹嘛突然 ──
雪子：這樣沒欠你了吧？

雪子拿出一只信封，伸手遞向吉本。

雪子：還有這個，拿去。
吉本：這是什麼？
雪子：這是我的指甲。
吉本：指甲！
雪子：對，以後把它代替我的骨灰，送回我的故鄉吧。再見。
吉本：等一下，妳這是什麼意思呀！

雪子沒有回應，轉身就想要爬出洞口，隨即狼狽地滑落。
吉本想要攙扶她，卻被她揮手撥開，逞強地試圖靠自己的力量爬出洞底。
他看不下去，伸手緊握住雪子的手腕，要她停手。

雪子：放手！

吉本：不，除非把妳追到手，不然我絕不放手。

雪子：神經病！

　　吉本原本只是想要緩和氣氛，幽默一下。沒料到雪子掙脫後，竟然從包袱裡抽出一把刀，吉本連忙後退——但在狹窄的洞穴中，幾乎退無可退。

吉本：別別別激動，我只是開個玩笑！

雪子：我，死定了。

吉本：到底發生了什麼事？

雪子：有個軍官來找我的時候實在太過份，我受不了就——

吉本：妳拿刀捅他？

雪子：才沒有！我只是用手指戳爛他的眼睛！

吉本：妳……太強了。

　　雪子看著銳利的刀鋒，哀怨地搖了搖頭，接著深吸了一口氣，將刀柄塞入吉本手中。吉本有如丈二金剛摸不著腦袋，搞不懂現在是什麼情況？

雪子：拿去！——我數到三，你就衝向我！

吉本：等等——

雪子：一、二、三！

　　吉本不知所措地拿著刀，任由雪子衝向自己——他在最後一刻將刀丟向一旁，緊緊抱住了雪子，任憑她如何掙扎叫喊都不願放手。

　　雪子的情緒慢慢冷靜了下來，吉本愛憐地拍著她的背，心裡默默做出

了決定。

吉本：雪子，我們逃跑吧。

雪子：逃不掉的……。

吉本：不逃就是死，逃就還有機會嘛！

雪子：到底干你什麼事啊？跟我一起逃的話你也會死，你不怕嗎？

吉本：我怕！但，至少能跟妳一起。雪子——

歌曲｜一百萬種死法

♪吉本

如果未來能選擇，妳最想要怎麼死？

雪子：啊？

♪吉本

炸彈！流感？營養不良？
難道沒有好一點的嗎？

雪子：還是乾脆吊死算了？

♪雪子

瘧疾痢疾淋病梅毒輪流來，
地雷水雷空襲突擊躲不開。

♪吉本

一百萬種死掉的方法——

♪雪子

沒有一種比較不悲哀。

♪雪子

來吧！

♪吉本

來吧！

♪雪子

不管明天世界會變成什麼樣！

♪吉本

沒有什麼可以永遠握在手上。

♪雪子

一百萬種死掉的方法，

雖然可怕又能拿它怎麼樣？

♪吉本

活在當下——

♪ **雪子**

只有當下——

♪ **雪子、吉本**

明天就死，我也不怕。

吉本：我們一起逃到山裡躲起來，直到戰爭結束。

雪子：可是你不是發過誓要效忠大日本帝國嗎？

吉本：但我也發過誓要保護妳！

雪子：什麼時候？

吉本：現在！——雪子，我現在發誓，我一定要好好保護妳，不管妳到哪裡，
　　　我一定會在妳身邊。……我們一起逃走吧，雪子。

雪子：不，叫我的朝鮮名字吧，我的名字是——

　　　雪子湊近吉本耳邊，緩緩說出她真實的名字，吉本聽著忍不住睜大了眼。

吉本：好美的名字！……哪像我叫蔡煙腸。

雪子：蔡煙腸？——我，喜歡！

　　　兩人相視而笑。

　　　吉本用手撐住雪子的腳，讓她順利爬出了墓穴。雪子一手抓住洞旁的
裸露的樹根，一手拉緊吉本，讓他也成功脫困。

　　　兩人牽著手，朝遠離軍營的方向邁步狂奔。

　　　他們一路上笑著、喘著，感受到前所未有的——自由。

♪雪子

台灣和朝鮮，是海角與天涯，
我們卻能相遇相愛相戀——

♪吉本

戰爭多殘酷，時代多少錯誤，
卻牽起了妳和我。

♪吉本、雪子

走吧！逃吧！
別管明天世界會變成什麼樣！
哭吧！笑吧！
沒有什麼可以永遠握在手上。
一百萬種死掉的方法，
雖然可怕又能拿它怎麼樣？
活在當下——
只有當下——
走吧！逃吧！
明天就死，我們不怕！
今晚就死——

♪雪子

我要先化妝——

♪ 吉本、雪子
化成夜裡的閃亮煙花！

　　愛情綻放的光芒，彷彿照亮了南洋的夜。沒有退路的吉本和雪子，只能不斷朝著未知的前方邁進，直到他們的身影全然隱沒在黑暗濃密的叢林裡……。

〈一百萬種死法〉

「走吧！逃吧！
明天就死，我們不怕！」（台北場演員）

「哭吧！笑吧！
——沒有什麼可以永遠握在手上。」（台中場演員）

「除非把妳追到手，
不然我絕不放手。」

「神經病！」

180

——「一百萬種死掉的方法，雖然可怕又能拿它怎麼樣？」

——「戰爭多殘酷，時代多少錯誤，卻牽起了妳和我。」

第十五場 — **我毋是女人**

莎琳歪著頭，用燒成碳的樹枝，在慰安所房間的牆壁上不斷畫記著。—— 每一道漆黑的筆畫，都代表又過了與逸平分離，充滿晦暗的一天。

莎琳：林 -- 先幾若個月無來看 -- 我 -- 矣，敢是發生啥物代誌？—— 親愛的阿爸爸上帝，拜託 -- 你，保庇伊平安無代誌。

林先生好幾個月沒來看我，他該不會發生什麼事了？—— 親愛的天父上帝，拜託祢，保佑他平安無事。

那天與逸平分別後，莎琳就再也沒有他的消息。這段時間以來，每天數十名士兵在她的房間進進出出，她的眼淚早已流乾，喉嚨也嘶啞得再也發不出聲。於是她只能把靈魂抽離，讓自己隨時都像在半夢半醒間，如此才能麻木地面對永無止境的侵犯。

然而最近她察覺身體竟發生奇異的變化，讓她更加惶恐而無助……。

這天，她恍恍惚惚地拿著盛裝污水的臉盆，走出房門，正要潑向泥濘的中庭時，發現不遠處的房間似乎有騷動 —— 有慰安婦跪在門邊哭泣，安子媽媽漠然地站立著，兩個掛著衛生兵臂章的士兵，抬著擔架從房間中走出，上頭躺著的女人手腳癱軟垂掛，脖子上還纏繞碎布接成的長布條……。

眾人站在慰安所緣廊上張望，彼此交頭接耳，議論紛紛。

千鶴怒氣沖沖地走來，用力揮舞著竹條，將女人們驅趕回各自的房間。

千鶴：看什麼看啊？上吊有什麼好看的？

　　突然，莎琳從恍惚中清醒，認出了那間房間 ── 那個女人，不就是阿惠嗎？

　　她激動地將臉盆一丟，躍下緣廊，奔跑穿過中庭 ── 她必須確定那是不是阿惠？如果連好姊妹都棄他而去，她往後的日子究竟該如何是好？

　　就在莎琳快要追上擔架時，卻被一個士兵從背後攔腰抱住，她大聲哭喊、伸手想要抓住阿惠，最後卻只扯下了那道結束她生命的長布條。

　　巨大衝擊之下，莎琳再次陷入了恍惚……。

　　恍惚間，她回到了房間……。

　　恍惚間，她再次將臉盆裡的水潑灑向中庭……。

　　恍惚間，她感覺自己彷彿漂浮在半空中，低頭看著那些面目模糊的士兵，一個接一個趴伏在那位名叫「さゆり」的可憐女人身上……。

歌曲	我母是女人

♪莎琳

一工過一工，一擺閣一擺，	一天又一天，一回又一回，
烏影閃入我的房間內，	黑影閃入我的房間，
衫猶未褪，褲頭就已經拍開。	衣服未脫，褲頭就已經打開。
個是無名無姓的銃子，	他們是無名無姓的子彈，
個是上生狂的雨水，	他們是最猖狂的雨水，

拍佇我破碎的身，	擊打在我破碎的身軀，
鑽入我靈魂上深上深——	鑽入我靈魂最深最深——

我母是女人，	我不是女人，
只是一个會振動、會喘氣的迌迌物。	只是一個會動、會呼吸的玩具。

我母是女人，	我不是女人，
已無資格活做人的女兒新婦佮母親。	已沒資格做人家的女兒、媳婦和母親。

我母是女人，	我不是女人，
我無法接受有別的性命牢佇我內面！	我無法接受有別的生命在我身體裡！

莎琳用力搥打自己肚子，接著又難受地作嘔，渾身癱軟倒在床上。

這時，安子推門走進。

莎琳連忙護著肚子，背對安子在床上縮成一團。

安子坐在床邊，輕拍著莎琳的背。

安子：不舒服嗎？要不要請軍醫幫妳檢查一下。

見莎琳沒有回應，已猜到怎麼回事的安子，不禁嘆了口氣。

安子：留不住的。讓自己輕鬆一點吧。

安子關門離去，莎琳原先壓抑的眼淚瞬間潰堤。

她一手摸著肚子，一手握著十字架，她已完全不知該如何是好了。

莎琳：無辜的囡仔……無辜的　　　　無辜的孩子……無辜的我……。
　　　　我……。

♪莎琳

　　　落（lak）落（lȯh）塗的銃子，　　落入土的子彈，
　　　　　嘛種袂出花蕊。　　　也種不出花朵。
　　　佇腹內生湠做無邊的烏暗暝。　　在肚子裡無盡蔓延的黑夜。
　　　啊——啊——啊——啊——　　　啊——啊——啊——啊——

恍惚間，她從床底抽出阿惠留下的那道長布條，愛憐地撫摸著……。

恍惚間，她已將布條拋上屋頂橫梁，用力綁緊……。

恍惚間，「さゆり」已經替莎琳的人生做出決定：這道長長的布條，曾
經終結了阿惠的痛苦，自己不如也追隨她的腳步，一起前往遠離上帝的冥
府吧！

莎琳：長布巾 -- 啊長布巾，請你　　長布巾啊長布巾，請你可憐我生不
　　　可憐我牛毋著時，絚絚縛佇　　逢時，牢牢綁在屋樑，現在就送我
　　　厝樑，這馬就送我轉 -- 去　　上路——
　　　——

♪莎琳

　　　　我上媠的夢，　　我有最美的夢，
　　　夢醒煞來全全空——　　夢醒卻只剩一場空——

恍惚間，她的脖子已經套進布環……。

恍惚間，她從床榻上一躍而下……。

就在這時，安子端著食物走進，赫然發現莎琳雙腳懸空，立刻將她攔腰抱住，硬生生把她從鬼門關前拉了回來。—— 莎琳淒厲叫喊，渾身用力掙扎，而安子仍緊緊抱住她，絲毫不打算鬆手。

安子：死了就什麼都沒了！—— 聽我說，聽我說！我有去監牢探望那個士
　　　兵，他要妳好好活下去 —— 好好活下去！

安子把莎琳放倒在床上，莎琳洩憤似地不停用拳頭搥打安子。

安子：我說的話妳聽不懂？他要跟妳說，呃——

安子深呼吸，吞吞吐吐地從口中擠出了陌生的語言。

安子：賴 —— 莎琳，請你 ——　　　　賴 —— 莎琳，請妳 ——

莎琳登時愣住。
一瞬間，她彷彿聽見逸平的聲音，從遠方狹窄的牢房裡傳來——

逸平：賴莎琳，請你一定愛好好仔　　　賴莎琳，請妳一定要好好活下去。
　　　活 -- 落 - 去。

安子帶來的逸平口信，讓莎琳澈底醒了。

頂上垂掛的布環圈，片刻前還充滿死亡的誘惑，此時卻顯得恐怖而駭人。

莎琳：我欲好好仔活 -- 落 - 去⋯⋯。　　　　我要好好地活下去⋯⋯。

安子：什麼？

安子不解地看著莎琳，而莎琳像孩子般，靠在她的懷裡嚎啕大哭。

一「我毋是女人，只是一个會振動、會喘氣的迌迌物。」

「長布巾；啊長布巾，請你可憐我生母著時，
絚絚縛佇厝樑，這馬就送我轉……去──」

◎ 場景｜慰安所、軍營
◎ 人物｜逸平、莎琳、松永、安子、
　　　　衆人

安子焦急地在指揮部外來回踱步，等待著松永的身影出現。

儘管所有戰情都被要求嚴格保密，但觀察從指揮部進進出出的軍官們，他們臉上的嚴肅表情，似乎透露局勢發展並不樂觀。

現在也許不是來找松永商量事情的好時機，但安子仍必須這麼做。

終於，她看見松永從大門走出。

安子連忙調整氣息，不想讓他看出自己心急如焚，唯有展現游刃有餘的態度，才有機會贏得這場機會渺茫的談判。

她緩步上前，以一貫的優雅姿態向松永點頭。

安子：松永君，我有一件事想要拜託您 ——
松永：我現在沒時間！
安子：松永君，我的女孩雪子弄傷了您的部下，還和士兵私奔被抓。她這樣真的很該死！……但可不可以請您看在我的面子上，放她一條生路？
松永：辦不到。
安子：就算是我求您也不行嗎？

安子越說越顯焦急，卻只見松永沉默了半晌，嘆了口氣。

松永：太遲了。
安子：可以的，你可以 ——

此時，一聲槍響劃破天際。

安子：⋯⋯雪子。

她頓時感到天旋地轉，腳步踉蹌險些跌倒，幸好被松永及時扶住。

安子大口深吸著氣，卻克制不住眼淚簌簌流下。

雖然這種事情過去也曾發生，但雪子是追隨她最久的女孩，她的秘密戀情其實也早就都看在安子眼裡，只是她不願多說些什麼。—— 畢竟沒有人能阻擋愛情的發生，越是阻攔，只會變得越加堅定。只有真的愛過、痛過，才能學會把自己擺在愛情之前。然而就算懂得這些道理，又有誰真的能做到呢？

如果雪子和吉本可以就此遠走高飛，過著隱姓埋名的生活，未嘗也不是一種幸福 —— 可惜，這座島嶼太小，藏不住兩個顯眼的外人，被抓其實也只是早晚的事情。就算真的逃過軍隊的搜捕，瘴氣瀰漫的叢林、陌生又排外的部落，愛情的浪漫又能支持他們走多久？

她原本以為憑藉她和軍隊的關係，以及與松永的情分，多少可以挽回些什麼，但事實顯然並非如此。

松永見安子沉浸在悲傷之中，想安慰，卻又找不到合適的話語。

軍令如山，身為軍官的他更必須嚴守紀律。溫柔與寬待，只會令戰況嚴峻的軍隊變成一盤散沙。因此無論是自己的內務兵林逸平，或者是安子媽媽的屬下，逃兵這種「非國民」的可恥行為，就只能秉公處理。

松永：這場戰爭，對他們來說已經結束了。

安子：就算那個人是我，你也會這麼做嗎？

松永：⋯⋯軍人必須服從。

面對安子不顧形象的嘶吼，松永沒有答話，只是默默轉身離去。

安子悵然地看著天空，獨自哭泣著。

這麼多年以來，她靠自己的力量，成為一棵傲然挺立的女人樹，然而最終她還是為男人所傷。這個她心愛的男人——有緣無份的松永君。原本安子以為自己在他心中多少是個特別的存在，但如今她卻發現自己錯了。

遠渡重洋來到這裡，她第一次感到自己是那麼地渺小而無助。

歌曲│戰爭結束那一天

♪安子

一棵樹，留不住一道風。

被帶走了葉子，

消失在沒有一片雲的天空。

這場遊戲的終點，漸漸浮現在眼前。

看見你最真實的臉，多麼殘酷卻珍貴，

現在你還在我的身邊，卻再也回不到從前。

於此同時，慰安所裡的賴莎琳，和被囚禁在牢房中的林逸平，他們各自看著鐵柵窗外的天空，遙相思念著彼此。雖然身處不同空間，此時卻彷彿心靈相連。

♪逸平

敵人的飛行機，滿天攏是。　　敵人的飛機，遍佈天際。

♪莎琳

烏雲遮日，戰火毋知到當時？　　烏雲蔽日，戰火不知到何時？

> ♪逸平

我愛活咧轉--去！　　　我要活著回去！

> ♪莎琳

我絕對袂放棄！　　　我絕不會放棄！

> ♪逸平

我未來的新娘，就是你——　　　我未來的新娘，就是妳——

> ♪逸平、莎琳

我願意，這世人佮你牽手鬥陣。　　　我願意，這輩子與你攜手共度。

　　拋下安子逕自離去的松永，突然感受到前所未有的孤獨，像是與世界斷了最後一線聯繫。無助的他，該如何面對祖國、面對軍隊——面對自己？

　　松永忍不住對著天空長吼。

　　他怨恨自己都這種時候了，心裡竟然還掛記著他——平田，或者逸平，兩人重疊的身影，在他混亂的思緒中已無法區別。

> ♪松永

迷亂的夜，

朦朧的眼，

他就像我思念的那張臉，

當我伸手，

你是否記得？

安子在遠處看著松永落寞的背影，內心糾結不已。

或許，他們是一樣的人。一樣脆弱，一樣等待著被救贖……。

♪安子

想看你最真實的臉，

想要留在你身邊。

遊戲結束，你是否記得，

我們的約定不變？

這場戰爭似乎逐步迎向終點，最終決戰即將到來。

安子：戰勝了，妳們就可以回家。

安子對千鶴和慰安婦們如此說道，內心卻無比徬徨不安。

松永：戰敗了，烈火就會燒光一切！

部隊動員備戰，松永對眾人激昂地說道 —— 眾人應和，高呼萬歲！

這場戰爭就要結束，結局是死？是生？是否看得見黎明的朝陽？抑或
將墜入永恆的黑暗？………眾人心中各自的所思所想，在夢魘中匯聚成河。

♪眾人

活著回去，回不去從前。

活著回去，心愛的人身邊。

♪莎琳

我上婿的夢，佇戰爭結束的彼一工。　　我最美的夢，在戰爭結束那一天。

♪逸平、莎琳

活咧轉 -- 去——　　活著回去——
敢就會當繼續拍斷的青春？　　是否就會重回中斷的青春？

♪莎琳

林逸平——　　林逸平——

♪逸平

賴莎琳——　　賴莎琳——

♪逸平、莎琳

你的面容，敢猶閣相襁（siâng）？　　你的面容，是否還似從前？

♪逸平

活咧轉 -- 去！　　活著回去！

♪衆人

也許我在戰爭結束那一天，
來不及說再見。
答應我，在戰爭結束那一天，
能再見你一面。

♪逸平、莎琳

目屎流，目屎滴，	眼淚流，眼淚滴，
點點滴滴攏是你。	點點滴滴都是你。
活咧轉 -- 去，	活著回去，
彼个袂閣轉 -- 來 -- 的，當初時——	那一去不復返的曾經——

1945 年 8 月 15 日，所有人聚集在軍營廣場上，一片悄然無聲。

收音機播放天皇「玉音」廣播，宣布這場戰爭到此結束。—— 海內外軍民全體總動員，上緊發條，準備決一死戰，此刻卻戛然而止。

驚愕、迷惘、悲憤。

—— 這場聖戰，竟然就如此草率地結束了？

衆人散去後，松永仍呆立在廣場上。

從白天直到黃昏，看著士兵將旗竿上飄揚的旭日旗緩緩降下。

當夜色已籠罩整座島嶼，松永仍站在原處，無法動彈。

這時，安子從遠處走來。

安子：松永君。

松永：戰爭……就結束了？

安子：結束了。

松永：戰爭不能結束。那些犧牲、那些死去的人又算什麼？

一名傳令兵神色凝重地奔來，向松永行禮後，遞上一只信封。

傳令兵：報告長官——司令官切腹殉國了。他有一封電報要給您。

傳令兵離去後，松永深吸一口氣，從信封裡取出電報。只見上面寫著：「寧爲玉碎，不爲瓦全，迅速消滅罪證，殉死報國。」

　　松永憤怒地將電報撕碎。

松永：我們打的是聖戰！是爲了幫助亞洲弱小民族站起來！爲什麼這一切現在卻成爲了罪證！爲什麼！

　　松永朝著天空大笑，接著頹喪地癱坐。

松永：平田君！你看哪⋯⋯風，停了。

　　安子心疼地摟抱住松永。

安子：結束了，都結束了！我們都可以回家了。
松永：⋯⋯安子媽媽，軍人必須服從！
安子：不！

　　安子試圖挽留松永，但他卻一把推開安子，像遊魂搬地逕直走向營舍。
——這個男人失去了戰爭，彷彿就失去了他自己。
　　本該慶幸自己從戰地生還的安子，此時心中卻隱隱浮現不安⋯⋯。

〈戰爭結束那一天〉

「答應我，在戰爭結束那一天，能再見你一面。」

「現在你還在我的身邊，
——卻再也回不到從前。」

「遊戲結束，你是否記得，
——我們的約定不變？」

一「戰爭不能結束。那些犧牲、那些死去的人又算什麼？」

一「結束了，都結束了！我們都可以回家了。」

第十七場 — **重逢與離別**

儘管島上日日都是豔陽天，但慰安所裡的女人們卻彷彿許久不見天晴似地，聚集在蓄水池邊洗濯衣物與被單，邊洗濯邊唱著部落歡欣的曲調。她們的歌聲迴盪，與不遠處寂靜的軍隊營舍形成強烈的對比。

賴莎琳挺著微微隆起的肚子，手攬裝有衣物的臉盆走來。眼見女人們清洗好的衣物，掛滿周圍所有鐵絲網和屋簷橫樑，甚至平鋪在緣廊上，隨風飄逸起舞，洋溢生之氣息。她不禁露出了微笑。

來到水池邊，她正要蹲下搓洗衣物，臉盆就被其他女人接了過去，她也隨即被姊妹們攙扶到榕樹涼蔭下坐著休息。她雖然仍感到有些不好意思，但這段時間以來，就是這些溫柔的善意，幫助她度過身心煎熬的日子。

安子得知莎琳懷孕後，並沒有強迫她去讓軍醫打胎。到了再也難以遮掩時，她便宣稱莎琳染病需要隔離治療，無法再提供士兵服務，並囑咐千鶴協助照料。

儘管語言不通，莎琳卻仍感受到：這些絕非出於慰安所管理者的職責，而是同爲女人的惺惺相惜。—— 安子與千鶴她們也明白，若強硬地將孩子從莎琳身上抹去，就只會同時帶走她的性命。

莎琳抬頭望向樹葉縫隙透出的刺眼陽光，享受著清風徐徐吹拂。
—— 這樣子的清閒時光，多久不曾有過了呢？
—— 聽說安子媽媽正在和軍隊交涉，要用大卡車將所有女人都送回她們的家鄉。在慰安所的苦難日子，想必也快要結束了吧？

許多人、許多事都在莎琳腦海中打轉，但有個人她卻逃避著不敢去想。

── 他還好嗎？無消無息，該不會逸平已經……。

她連忙搖頭，想甩去這個灰暗的念頭。

就在這時，那個她最想念的嘹亮嗓音從遠方傳來。

逸平：賴莎琳！   賴莎琳！

逸平奔跑穿過慰安所中庭，莎琳也激動地奔上前，兩人緊緊地相擁。

逸平：戰爭結束 -- 矣！戰爭真正結   戰爭結束了！戰爭真的結束了──
　　　束 -- 矣──

莎琳：我足驚你會按呢就消失 --   我很怕你就這樣消失。
　　　去 -- 矣。

突然，逸平察覺到莎琳隆起的肚子，露出驚愕的表情。

逸平：你……有身 -- 矣？   妳……懷孕了？

莎琳輕輕推開逸平，在旁深吸了一口氣，她告訴自己：不管接下來逸
平如何反應，她都要冷靜而勇敢地面對。

莎琳：我毋知囝仔是啥人的，猶毋   我不知道孩子是誰的，可是我不忍
　　　過，我毋甘將伊提掉。   心拿掉他。

逸平：……你敢袂後悔？   妳不後悔嗎？

她搖了搖頭。

莎琳：林 -- 先，伊就是我的囝仔 --　　林先生，他就是我的孩子！
　　　矣！

逸平緩緩跪下，伸手撫摸莎琳的腹部，並將耳朵貼在她的肚子上。
突然他驚訝地抽了口氣，興奮地抬頭看著莎琳。

逸平：伊眞正是活 -- 的 -- 呢！　　　他真的有生命耶！
莎琳：嗯。便若活 -- 咧，就有希望。　嗯。只要活著，就有希望。
逸平：……有我佇 -- 咧，你以後　　　……有我在，以後妳就不用獨自煩
　　　就毋免家己煩惱 -- 矣。　　　　惱了。
莎琳：林 -- 先——　　　　　　　　林先生——
逸平：莫遮生份，你會當叫我的名。　別這麼見外，妳可以叫我的名字。
莎琳：林……逸平。　　　　　　　　林……逸平。
逸平：賴莎琳。　　　　　　　　　　賴莎琳。
莎琳：逸平！　　　　　　　　　　　逸平！
逸平：莎琳！　　　　　　　　　　　莎琳！

　　兩人凝視彼此，嘴唇即將貼近時，幾個台灣兵卻掃興地一路嚷嚷走進，
打斷了他們兩人的親密時刻。女人們不知道這群士兵的來意，紛紛走避。
　　帶頭的台灣兵阿材向逸平大聲吆喝，分享之後將坐船遣返回鄉的好消
息，所有人高聲歡呼，還大唱起台灣的歌謠……。唯獨逸平面有難色，他
回頭看向莎琳。
　　莎琳低著頭，看不出臉上是什麼表情。

阿材：你莫閣看 -- 矣 -- 啦，干焦　　　你別再看了啦，只有士兵可以坐船
　　　咱兵仔會當坐船轉 -- 去。　　　　回去。

—— 語言相通的她，應該全部都聽到了吧？

逸平內心膠著。他打發走同袍們後，回到賴莎琳身邊。見她神情凝重
地撫摸著孕肚，什麼話也沒說。逸平不禁嘆了口氣，心裡躊躇著，自己到
底該怎麼做才好呢？

莎琳明白軍隊遣返之日，也將成為他們分別之時。

她不想，也沒有資格，要求逸平做出任何承諾。—— 但她現在這樣，
離開慰安所後，還有人願意接納她嗎？家門是否會願意為蒙羞的她開啟呢？

原本朝思暮想，渴望著逃脫的慰安所，到了終於要離開的時刻，外面
的世界卻反而顯得如此恐怖。太多疑問，太多未知，讓她的內心再次攪動
了起來……。

直到逸平用雙手搭住莎琳的肩膀，她這才回神。

逸平：我袂走 -- 矣。我欲永遠留　　　我不會離開了。我要永遠留在這座
　　　佇這个島嶼，陪佇你佮囡仔　　　島嶼，陪在妳和孩子的身邊。
　　　的身軀邊。

莎琳簡直無法相信自己聽到的，但逸平的眼神卻又是如此堅定。

就在這時，千鶴聽見台灣兵們的吵鬧聲，氣沖沖地拿掃把出來趕人。

千鶴：臭阿兵哥，誰准你們進來的？出去、出去 ——

逸平：莎琳，我會閣來揣 -- 你，你　　　莎琳，我會再來找妳，妳等我！
　　　等 -- 我！

　　目送千鶴推著士兵們離去後，莎琳想著方才逸平的承諾，不禁露出甜
蜜的微笑。她抬頭仰望湛藍的天空，白雲悠悠飄過，心裡想著：
「一切都會變好的！」
　　她邊想邊緩緩跪下，拿出逸平交給自己的木頭十字架開始禱告。

莎琳：親愛的阿爸爸上帝，感謝有　　　親愛的天父上帝，感謝有祢的恩
　　　你的恩典，予阮攏平安活過　　　典，讓我們都平安活過這場戰爭，
　　　這場戰爭，未來我佮林 -- 先，　　未來我們就可以 ——
　　　未來阮就會當 ——

　　逸平曾和莎琳描繪過的家鄉景色，這時浮現在她的腦海……。
　　—— 如果他留下，那麼他原來的生活，在家裡等他的人怎麼辦？
　　想著想著，她的臉色沉了下去，眼淚無法抑制地流下。
　　她低頭看著十字架，憐愛地摟在胸前。
　　儘管萬分痛苦，但問題的答案其實早就在她的心裡。

歌曲｜我上媠的夢（Reprise）

♪莎琳

天使，就應該自由飛，　　　　天使，本該自由飛翔，
　無應該佇地獄受苦罪。　　　　　不該困在地獄受罪。
轉去故鄉，娶某生囝，　　　　回去故鄉，娶妻生子。
替我完成，一个幸福的人生。　替我完成，一個幸福的人生。

你的心，比海閣較闊；　　你的心，比海寬闊；

你的人生，毋但按呢爾爾。　　你的人生，不只這樣；

我上媠的夢，就是放手，　　我最美的夢，就是放手，

望你自由的活。　　願你自由地活。

莎琳在慰安所姊妹們的掩護下躲了起來。—— 就算會遭致怨恨，她仍自私地希望逸平得到自由與幸福。

沒過多久，當逸平再次來到慰安所時，千鶴毅然地將他擋了下來。

千鶴：站住！

逸平：我是來找賴莎琳的。

千鶴：回去、回去！她逃跑啦！只留下了這個。

千鶴將木頭十字架塞回逸平手上，逸平臉上露出難以置信的表情。

千鶴：傻瓜！你是個帝國士兵，如果你們真的在一起，別人會怎麼講她？

逸平：不會的！

逸平不相信莎琳會這樣對自己，認定這絕對是千鶴編織出的無情謊言。他闖入慰安所營舍，發狂似地逐間搜尋莎琳，女人們驚叫連連，引發了一陣騷動。直到他找遍每個角落仍一無所獲，最後才絕望地頹坐莎琳空蕩蕩的房間外，任由千鶴喚來士兵將他架走。

逸平不懂，他們曾經的約定、擁抱，用眼淚交換的真心，對莎琳來說究竟算什麼？曾經證明他們的靈魂如此契合，她真有辦法如此輕易地將這段感情割捨？

—— 難道說，從頭到尾就只是他一廂情願？

萬念俱灰的他在叢林邊緣徘徊了整晚。黎明前夕，他再次來到懸崖邊，看著腳底下澎湃的灰白色浪濤，猛烈衝擊著岸邊的礁石。

　　他手裡緊緊握著十字架，抬頭只見南十字星依舊明亮閃爍。

歌曲｜南十字星（Reprise）

♪逸平

天頂的南十字星，	天上的南十字星，
請你予我指示：	請你給我指引：
我手心的十字架該當去佗位？	我手中的十字架該去哪裡？
南十字星，	南十字星，
天一下光，你就消失。	天一亮，你就消失。

　　逸平拿出十字架，正準備拋向大海時，卻發現上面綁著什麼東西——他解開後，發現竟然是當初包花生糖的油紙。

　　——沒想到莎琳竟然還留著！

　　他緊握住十字架，再次仰頭看向天空，心底的聲音告訴逸平：

　　回去找她！

　　南十字星曾見證他們之間的約定，他們永遠不會傷害彼此，要好好活著回去！——逸平決心，無論如何都要找到莎琳，和她當面把話說清楚。

　　但當他轉過頭，卻發現遠方火光閃動，煙霧四起，正好就是軍營慰安所的方向。

　　一股不祥的預感襲來，於是逸平拔腿狂奔——

──「戰爭結束⋯矣！戰爭眞正結束⋯矣──」

──「伊眞正是活⋯的⋯呢！」
「便若活⋯咧，就有希望。」

「我欲走──矣。
我欲永遠留佇這个島嶼，
陪佇你佮囡仔的身軀邊。」

「你莫閣看──矣──啦，干焦咱兵仔會當坐船轉──去。」

第十八場 ─ 帝國隕落

◎ **場景**｜軍營、慰安所
◎ **人物**｜逸平、松永、安子、衆人

　　軍營裡，火光閃動，濃煙沖天。

　　自從日本天皇宣布終戰，帝國偉業夢碎的松永，已失去生存的意志。只剩下銘刻進骨子裡的忠誠，支撐著他繼續完成上司交付的任務，將所有戰爭罪證銷毀 ── 士兵們在他指揮下，將所有文件在廣場集中焚燒；挖開犯人的墳墓，淋上汽油後點火，毀屍滅跡……。

　　這時，盟軍的飛機凌空飛過軍營，轟然巨響 ──

歌曲｜火（Reprise）

♪ **松永**

敵人飛機飛過，不再是我們的天空。
多刺眼的陽光，南洋的風冰冷刺骨。

　　天空飄下無數呼籲解除武裝的傳單，數量之多，宛若下起一場紅色的雨。

♪ **松永**

帝國隕落的碎片，
推翻我一生的信念。
我爲什麼還活著？

士兵：報告長官，請問慰安所該怎麼處理？

松永望著不遠處慰安所的營舍，想起安子媽媽懇切請求送女孩們回家的神情。他心想：明明之前發生了那麼多事，她卻仍願意拉下臉來拜託自己，這個女人真有著無與倫比的堅韌。

他不禁嘆了口氣。

—— 如今的他，就算被安子憎恨應該也無所謂了吧？

松永：……放火燒了，什麼都不留下。

士兵們隨即展開行動，封住慰安所出口，開槍擊斃企圖逃跑的女人。

安子媽媽試圖阻止他們的行動，但卻被士兵用槍托敲暈後帶走。她是松永唯一下令必須保全生命的人，這也或許就是他對安子最後的溫柔。

草料和木頭搭建成的慰安所，在汽油加乘下瞬間就被凶猛的火勢給吞噬。士兵們紛紛撤退，退守到慰安所出口的鐵絲網邊緣。唯獨松永仍獨自留在火場裡，看著烈焰逐漸將自己包圍。

♪松永
故鄉不在了。
國家不在了。
希望不在了。
愛也不在了。

燃燒的我 ——
火燒啊燒啊燒，我的心在燃燒。
火燒啊燒啊燒，再也聽不見哀嚎 ——

周圍的房舍開始坍塌，松永掏出手槍，渾身顫抖地指向自己。

就在這時，手持步槍的逸平突然出現在他眼前，松永爲之一驚！——意外撞見松永的逸平同樣嚇了一跳，他隨即舉槍瞄準松永，松永也反射性地將槍口指向逸平。

松永：你在這裡做什麼？

逸平：讓開，我要帶她走——

松永：那個女人，對你就眞的這麼重要？

逸平：夠了！戰爭已經結束了！

松永：戰爭不會結束的！

逸平：你聽不懂我說的話嗎？——我是眞的會開槍！

松永：你沒辦法的，はやし。

逸平：我、我——

松永哈哈大笑。他雙手一攤，面對逸平的槍口。

逸平愣住，面對陷入瘋狂的松永，不知該如何是好。

松永：這麼軟弱，怎麼保護你愛的人？

逸平：別逼我，我眞的會開槍！

松永：開槍呀，はやし！

逸平：我姓林，我毋是姓はやし！　　　我姓林，不姓はやし！

松永：你在說什麼？

逸平：我佮伊有約束 -- 矣，我愛活　　　我跟她約好了，我要活著回去！
　　　咧轉 -- 去！

♪逸平

♪逸平

無意義的戰爭，到遮爲止！　　沒有意義的戰爭，到此為止！

♪松永

陌生的言語，永遠的距離。

♪逸平

痟齣仔莫閣搬 -- 落 - 去，　　荒謬戲碼別再上演，
做一擺了斷較規氣。　　不如乾脆地做個了斷。

♪松永

他已不是我，想見的那個人。

♪逸平

我已經母是，過去的林逸平。　　我已經不是，過去的林逸平。

♪松永

我已經遠離，我自己。

♪逸平

爲著愛我願意，開銃殺人！　　為了愛我願意，開槍殺人！

♪松永

かみかぜ，燃燒的火 ——

♪逸平

天頂的南十字星：　　天上的南十字星：

請你予我指示，　　請你給我指引，

命運的雙叉路，該當按怎選擇？　　命運的岔路口，該如何抉擇？

南十字星，　　南十字星，

你佇天頂，閃閃爍爍。　　你在天上閃爍。

看出我做過啥物事情——　　看透我做過什麼事情——

　　逸平熱血蒸騰直衝腦門，正當他要扣下扳機時，突然莎琳的聲音從他左耳鑽入。

莎琳：逸平——　　　　逸平——

逸平：莎琳？　　　　莎琳？

　　逸平放開手，步槍「磅！」地重重掉落地面。

　　——殺人，不是他要的正義。

　　松永嘆了口氣，開槍射擊逸平，逸平隨即倒地。

　　當松永上前，要給他最後一擊時，已經陷入恍惚的逸平，喃喃囈語著……。

逸平：回頭吧……現在回頭還來得及……。

　　松永內心一震：為何逸平口中竟會冒出平田君曾說過的話語？

　　原本兩人在他心中已拆開來的形象，如今又重疊在一起……。彷彿連

接到當年無法與平田臨終告別的遺憾，松永再也無法控制自己，他在逸平
身旁跪下，將逸平摟入懷中。

松永：我已經回不去了。

逸平：來得及的，永遠來得及……。

逸平陷入昏厥，松永緊緊抱著他，痛苦地放聲哭泣。

♪松永

かみかぜ，

不曾懷疑，不曾恐懼──

烈焰席捲整座營區，燃燒直到深夜，將一切都化為了灰燼。

一「帝國隕落的碎片，推翻我一生的信念。我為什麼還活著？」

一「放火燒了，什麼都不留下。」

「開槍呀！
這麼軟弱，
怎麼保護
——你愛的人？」

「かみかぜ，
不曾懷疑，
不曾恐懼──」

第十九場 ― **天使的呼喚**

逸平大夢初醒似地，站立在分不出天地的黑暗之中。

他向四周張望，只見不斷有灰燼從空中飄落，卻沒有半片堆積在自己身上。他覺得奇怪，於是伸手想抓，沒想到灰燼竟然穿透他的掌心飄落，彷彿他就只是個影子。

此時的他並未察覺，自己正踏上了黃泉之路。

他不斷大聲叫喊，卻沒有任何回應。正當他要放棄時，他發現幾個人影從幽冥中浮現 ―― 他們緩緩走向逸平，他這才認出他們全是戰場上死去的弟兄。

逸平：喂，你們要去哪裡？

沒有回應。

所有人面無表情地從逸平身旁穿過，走向遙遠彼端一道亮著光的出口。

見他們逐漸走遠，逸平想要跟上，但腳卻彷彿有千金重，黏在地面，無法動彈。

這時，逸平聽到了一個熟悉而懷念的聲音 ――

小偷：小鬼子，你還在那裡幹嘛，快來陪我玩嘛！

小偷從隊伍中探頭而出，腳步輕盈地跑跳來到逸平身邊，如過去那般捉

弄他，搔他癢，最後還跳到了他的背上——逸平一時重心不穩，摔倒在地。

小偷哈哈大笑地逃跑，逸平氣憤地起身追上，這才發現自己不再被固定在原處，可以自由移動了！

小偷：小鬼子！快點！

只見小偷在隊伍的尾巴不斷朝他揮手，要他趕快跟上。

正當逸平準備要奔上前去時，一道明亮的光線出現在他背後，他連忙轉身——強烈的光束刺得他幾乎睜不開眼睛，但逐漸習慣後，他發現莎琳竟然站在光束裡。

逸平：賴莎琳，好佳哉你無代誌，咱趕緊綴個來去（laih）。	賴莎琳，幸好妳沒事，我們趕快跟上大家。
莎琳：林 -- 先，你佮個是無仝世界的人 -- 矣，咱做伙來轉好 -- 無？	林先生，你和他們是不同世界的人了，我們一起回去好嗎？

——回去？是要去什麼地方？

逸平試圖弄懂莎琳的意思，但他腦袋一片混沌，所有思緒像是漂浮在水中，隨著波浪不斷翻滾晃漾。所有聲音也彷彿水底迴盪的鐘聲，在耳邊轟鳴著。

這時，小偷再次跑到他的身邊，拉住他的手搖個不停。

小偷：小鬼子！快點來啦！你不是說好要教我綁鞋帶嗎？

逸平想起先前說過的話，內心突然一陣猛烈的刺痛。——這個遺憾他

始終放在心裡，如果可以彌補那就太好了！——但回頭又發現，莎琳正用真摯的眼神看著自己，他內心更加躊躇不定了。

小偷：小鬼子，你不是說好了嗎？快點！

最後，他動搖了，向莎琳點了點頭，轉身走向小偷。

莎琳：林逸平！　　　　　　　　　　林逸平！

莎琳焦急地連連叫喚，卻只見逸平的背影越走越遠。

歌曲｜鹹甜的滋味（Reprise）

♪ **莎琳**

上甘甜的滋味，你敢猶閣會記？	最甘甜的滋味，你是否還記得？
用血水佮目屎交換真心。	用血和淚交換真心。
上甘甜的滋味，	最甘甜的滋味，
你熟似的腔口，是天使的聲音。	你熟悉的口音，是天使的聲音。
佇茫茫人海，予我拄著你。	在茫茫人海，讓我遇見你。

莎琳的聲音，彷彿將逸平從深沉的夢魘中喚醒。

他停下腳步，看著小偷殷切的眼神，他深吸了一口氣，做出了決定。

他在小偷身旁蹲下，邊唸著綁鞋帶的口訣，邊幫他將鞋帶綁好。完成後，他愧疚地看著小偷，因為他知道這將是他們最後一次相見了。

小偷先是嘟嘴生氣，但隨後緊緊擁抱逸平。分別後，小偷跑跳跟上離

去的隊伍，所有人逐漸隱沒在遠方明亮的光線中。

逸平回頭看向莎琳，朝他露出靦腆的笑容，猶如兩人第一次相見那般。

♪逸平

上甘甜的滋味，是知影有人咧等--你。 　最甘甜的滋味，是知道有人在等你。

♪莎琳

予我陪伴你，咱做伙轉--去。 　讓我陪著你，我們一起回去。

♪逸平、莎琳

上甘甜的滋味， 　最甘甜的滋味，
予咱永遠相信，只要活--落-去， 　讓我們永遠相信，只要活下去，
明仔載就是新的開始。 　明天就是新的開始。
上甘甜的滋味，上甘甜的記持， 　最甘甜的滋味，最甘甜的記憶，
原來熱帶的天使，佇我身軀邊！ 　原來熱帶天使，就在我身邊！

兩人一步一步走向彼此，最後逸平摟住莎琳，兩人深深一吻。
這是他們的第一個吻，卻是如此甜美而哀傷。

♪逸平、莎琳

鹹甜仔鹹甜，是你喙唇的血水， 　鹹鹹甜甜，是你嘴唇的血水，
我嘛總算等著你！ 　我也總算等到你！

♪莎琳

答應我，你袂當放棄！ 　答應我，你不能放棄！

♪逸平

上甘甜的滋味，是知影有人咧等--你。　　最甘甜的滋味，是知道有人在等你。

♪莎琳

暗夜當中──　　　黑夜當中──

♪逸平、莎琳

我會來到你身邊，　　　　我會來到你身邊，
陪你行過死亡的水邊。　　陪你走過死亡的水邊。
毋過我相信＼請你愛相信！　　但是我相信＼請妳要相信！
咱一定會活咧轉--去──　　我們一定會活著回去──

　　一陣強烈的睡意向逸平襲來，他努力撐住沉重的眼皮，最後卻還是靠在莎琳懷中睡著了。

　　莎琳看著光明逐漸匯聚到逸平身上，而她自己卻逐漸融入黑暗之中。

♪莎琳

林逸平，你一定愛活咧轉--去。　　林逸平，你一定要活著回去。

　　莎琳眼眶含著眼淚，憐愛地輕拍著逸平的背，再次親吻了他的額頭。

　　而後，黑暗籠罩了一切，只剩最後一顆明亮的星星，持續散發著光芒。

「小鬼子！快點來啦！
——你不是說好要教我綁鞋帶嗎？」

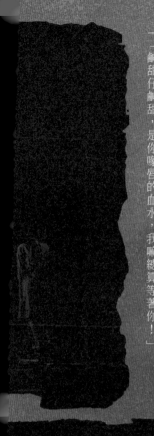

——「鹹甜仔鹹甜，是你喙唇的血水，我嘛總算等著你！」

——「林逸平，你一定愛活咧轉……去。」

場景 | 軍營

人物 | 逸平、吉本、衆人

逸平悠悠轉醒時，先是尖銳的蟬聲鑽進他的耳膜，而後四周太過明亮刺眼的日光隨之而來。

他眯著眼，努力轉動僵硬的脖子，用模糊的視線探索自己究竟身在何處：燻黑處理的樑木、棕櫚葉編的牆壁、成排的床榻——直到穿著白袍的軍醫走來，他才確定發現自己躺在病床上。

軍醫：你啊，運氣不錯，子彈再往偏幾公分你現在就沒命了。

逸平：賴莎琳 ——　　　　　　　賴莎琳——

他急切地想要起身，卻渾身無力，只能再次癱軟地躺下。

逸平：賴莎琳！賴莎琳 -- 咧？　　　賴莎琳！賴莎琳呢？

傷口的痛楚讓逸平忍不住哀嚎，軍醫囑咐他別亂動，接著爲他施打止痛的嗎啡，沒多久逸平便再次進入夢鄉⋯⋯。

住院接受看護的期間，逸平得知慰安所被大火夷爲平地，儘管許多女人被士兵鎖在房間，因而葬身火窟。但仍有人於心不忍，違反命令開了後門讓女人們逃生，讓她們逃過一劫。所有事業付之一炬的安子媽媽，拿出她全部攢積的財產，換得她所有女孩們的自由。儘管無法逐一送她們回家鄉，卻仍算是兌現了她和自己的約定。

他也聽說了松永軍官的死訊。

松永切腹殉國後以正坐之姿，在熊熊烈焰中化為焦炭……。

逸平心想：能與日薄西山的大日本帝國一起走向終點，至死仍傲然昂首，這樣的他應該也算是死得其所了吧？

逸平不斷託人打聽賴莎琳的消息，卻沒有人真正知道她的下落。有人說她應該已經死在火場，屍骨無存。有人說她應該早就逮到機會遠走高飛，躲在某個遠離戰火的村落，開始養育她的小孩……。日子一天天過去，到後來逸平再也沒有任何關於莎琳的新消息。

沒過多久，盟軍的卡車一輛接著一輛駛進了日本軍營，他們接管部隊並解除武裝，將士兵們集中管理，準備遣返回國。

經過數十天的臥床生活，當逸平離開病房時，身體屢弱得只能勉強行走。看著集中營中的弟兄們修繕營舍、做體操、相互追逐踢球、大聲唱歌……，儘管盟軍所佈達下的「民主」觀念太過嶄新，有時讓他們仍感到迷惘。但絕大多數人都像解除了魔法詛咒般，卸下了戰士殺戮的容顏，恢復成他們原先的少年模樣。

逸平這才真實地感覺到：這場戰爭結束了。

—— 然後呢？

他們真的有辦法，回到原本的生活，把斷裂的青春時光重新接上嗎？

這天，逸平突然在人群裡，發現對著天空癡癡地笑的吉本。

逸平見到興奮地衝上前去，一把將他緊緊抱住，然而吉本卻仍一臉茫然。

原來他和雪子私奔被抓之時，儘管明知無法從搜捕逃兵的小隊眼前逃脫，他們仍決定掙扎到最後一刻，他們在叢林間瘋狂奔跑，直到路的盡頭出現茫茫大海——無路可逃的他們牽著手往海裡縱身一跳！

他們渴求上天，讓他們一起沉入海底，但強勁的海流卻將他們緊握著的手分開——吉本沈入深深的海底，而雪子卻浮上了水面，被士兵拖回岸上。士兵們找了又找，卻怎麼也等不到吉本浮出水面，研判他應該是溺水而死，屍體被卡在礁岩裡。

正當所有人都以為吉本已經死了，但他卻被海流帶到了島的另一邊，獨自躲在叢林裡，靠摘採野果充飢，直到戰爭結束才被部落村民發現。

逸平：蔡煙腸，原來你無死！	蔡香腸，原來你沒死！
吉本：我是吉本一二三，大日本帝國萬歲，萬歲，萬歲！	
逸平：你是咧起痟 -- 喔？——我當咧揣賴莎琳，你敢有看 -- 著？	你瘋了嗎？——我正在找賴莎琳，你有看到嗎？
吉本：你在找人？我也是耶，我和她約好了，你有看到她嗎？	
逸平：你講 tsiâ？	你說誰？
吉本：她是……她是——啊啊啊！大日本帝國萬歲，萬歲，萬歲！	
逸平：蔡煙腸！	蔡香腸！
吉本：我跟她說過要好好保護她的！	

吉本突然失控地垂打自己的腦袋，逸平連忙將他抓住，不停安撫他。

此時的吉本，在歷經各種磨難與衝擊，已經全然神智失常。

—— 活著，對吉本來說，也許同時是種幸運，也是最大的不幸了。

冷靜下來的吉本，仰頭望著蒼茫的天空，哼唱起了故鄉的曲調。

♪吉本

雨夜花，雨夜花，

受風雨吹落地。

無人看見，每日怨感，

花謝落土，不再回……。

聽著聽著，逸平默默留下了眼淚。

他安慰著吉本，跟他說很快就能回台灣去了。

—— 剩下的時間，就用回鄉的盼望，來支撐被這座戰地島嶼淘空的心吧。

但天不從人願，日子一天天的過，看著日本士兵一批批地離開，他們打聽後才知道，戰後國際局勢驟變，台灣已經被「歸還」給中華民國，不再屬於日本管轄。而負責遣返工作的盟軍船艦，任務是將日本軍隊送回日本，並不包含台籍日本兵。而仍處在混亂中的中華民國，根本無暇顧及流落海外的台灣人。焦急的台灣士兵們特地委託當地華僑去大使館詢問，甚至得到「誰帶你們來的，就該誰送你們回去」的無情推託。

至此，逸平長期以來累積的情緒，再也無法壓抑。

—— 這是什麼道理？

曾經，他們被規定必須作為日本人，現在又被說是中國人，然而被困在海外卻無人聞問，要他們自生自滅？難道這就是身為台灣人的宿命？

♪逸平

無公平，無道理，　　　　不公平，沒道理，

為啥物咱的命運，攏是別人咧決定？　為何我們的命運，都由別人決定？

我毋願，我不服！　　　　我不願，我不服！

台灣人的手到當時，　　　台灣人的手到何時，

才會當掌握咱家己的未來——　　才能掌握自己的未來——

失去一切寄託，萬念俱灰的逸平，對未來再也不抱任何期望。

繼續漫長地等候通知的期間，他什麼也不想做，只是消極地任憑光陰虛度。唯一放不下的，就是照顧精神失常的吉本學長。

過了陽光直射的正午時分，逸平便會帶著吉本到集中營廣場上溜達。逸平還為他做了一只風箏，看著他把風箏拖在地上來回奔跑，彷彿回到了稚拙的童年，如此無憂無慮，逸平心裡不由得浮現一絲欣慰。

這時，他發現吉本蹲在地面，正在撿石子往嘴裡塞，他連忙上前阻止。扳開吉本的牙齒，把他嘴裡的沙土掏出來——突然，一只小小的十字架鍊墜，映入了他的眼簾。

儘管沾黏了沙土，但十字架仍閃著銀白色的光芒。

逸平：這个十字架你佇佗位揣--　　這個十字架你在哪裡找到的？
　　著--的？

逸平驚訝地看著掌心的十字架，他轉頭看向不停傻笑的吉本。

一道光，穿透層層黑暗，抵達他內心最深處，想要活下去的慾望！

他的眼眶瞬間變得濕潤。

逸平：賴莎琳……伊一定閣活 --　　　賴莎琳……她一定還活著……一定
　　　咧……一定閣活 -- 咧！　　　　還活著！

♪逸平

天頂的南十字星，　　　天上的南十字星，
你佇天頂閃閃爍爍，　　　你在天上閃爍。
看出我做過啥物事情。　　看透我做過什麼事情。
綴著來時的跤步，　　　跟隨來時的腳步，
揣著轉 -- 去的道路。　　找到回去的道路。

天頂的南十字星，　　　天上的南十字星，
請你為我見證：　　　　請你為我見證：
我手心的十字架，　　　我手心的十字架，
就是活 -- 咧的證明。　　就是活著的證明。
南十字星，請你為我見證：　南十字星，請你為我見證：
熱帶天使就是伊。　　　熱帶天使就是她。

活 著 的 證 明

「雨夜花，雨夜花，受風雨吹落地。

無人看見，每日怨慼，花謝落土，不再回……。」

二十一場 — **故事將繼續**

作家放下鋼筆，面對佈滿文字的稿紙，陷入漫長的靜默。

多年來勤奮地寫作，故事到此終告結束。

── 然後呢？

自己的人生，即使曾有過高潮迭起，終究只是個人微不足道的往事。有什麼值得被寫下來、變成永恆文字的價值嗎？

直到太陽西斜，從窗口照亮了書齋的角落，他才長長地吐出了一口氣。

他緩緩起身，舒展了一下酸痛的腰背。將最後章節的稿紙，匯入整疊厚實的稿件中，最後用燕尾夾牢牢固定。── 多年的心血，拿在手上，感覺沉甸甸的。

他走出書房，廚房裡傳來妻子做飯的聲音，以及爐上燉湯飄散的香氣。這間儉樸的老屋，承載了他們家數十年來的回憶，儘管平凡，卻又無比幸福。

作家看著手中的稿紙，心裡默默想道：也許這樣就已足夠，過去所有的苦痛與傷悲，就都讓它們隨風而逝吧！

他轉身準備走回書房，背後卻傳來女兒安琪的聲音。

安琪：爸！

安琪掀開廚房的門簾走出。身為人母的她，已褪去純真傻勁，散發出成熟的韻味，她從作家手上接過稿紙，興奮地翻讀最後的篇章。

面對眼前「第一位讀者」，作家顯得有些害臊，只能不斷呵呵傻笑。

作家：這就是我的故事。

安琪：一篇閣一篇，開遐爾濟年的時間，爸你總算寫了 -- 矣。……是按怎你較早攏無愛共我講遮的故事？

作家：……你紅嬰仔時古錐甲像一个小天使，我就決定，過去就予伊過 -- 去，我無想欲有任何痛苦沐著你，予你永遠純真、快樂。

安琪：母是按呢。你活咧轉 -- 來，才有這個家，有我……。遐的故事予我頭一擺感覺 -- 著，我規个人完整 -- 矣。

這就是我的故事。

一篇接一篇，花了這麼多年，爸你總算寫完了。你為什麼以前都不跟我說這些故事？

妳在襁褓時可愛得像個小天使，我就決定，過去就讓它過去，我不想讓妳沾染任何苦痛，使妳永遠純真、快樂。

不是這樣的。你活著回來，才有了這個家，有了我……。這些故事讓我第一次感受到，我整個人變完整了。

作家一愣。

看著安琪真摯的眼神，他心中的大石終於卸下，露出了欣慰的笑容。

作家：真好……真好……按呢我就無遺憾 -- 矣。

安琪：母但按呢！你將故事寫 -- 出 - 來，所有的人就攏活咧轉 -- 來 -- 矣。

作家：所有的人……攏活咧轉 -- 來？

……真好……這樣我就沒遺憾了。

不只這樣！你將故事寫下來，所有的人也就都活著回來了。

所有的人……都活著回來了？

安琪：便若故事閣有人聽，有人講，　　　只要故事還有人聽、有人說，他們
　　　個就永遠攏佇 -- 咧。　　　　　　就永遠都在。

作家：逐家……永遠攏佇 -- 咧……。　　　大家……永遠都在……。

　　作家望向窗外的黃昏，有著和南洋回憶中同樣一顆熊熊燃燒的夕陽。

　　同時，安琪專注地閱讀父親的故事，嘴裡邊喃喃唸著 ——

安琪：戰爭結束整整一年，林逸平才終於踏上台灣的土地。

　　　回家時，所有人都嚇一跳，因為大家都以為他已經死了。

　　　家人趕緊撤掉牌位，端出火盆讓他過火，還煮了豬腳麵線。——但

　　　他卻說，他只想吃花生糖。

　　　當花生糖在嘴裡融化，他哭了出來。

　　　他知道自己終於回家了。

　　讀完父親故事的安琪，緊緊將稿紙抱在胸口。

　　父親的故事，1940 年代的故事，再也不遙遠而陌生 —— 這是她家族的

故事，也是她自己人生故事的一部分。

　　金黃的落日餘暉，與紫藍色天光彼此交界之際，往事裡的人們在作家

眼前逐一浮現：那些曾經肅殺的、冷淡的、高傲的面容，如今已全部無悲

無苦，無傷無痛，都面帶微笑，溫暖地看向作家……。

　　這時，逸平穿著一身潔淨的裝束，朝他大步走來。

　　—— 少年時的自己呀！我這樣應該就不算辜負了青春，對得起自己了吧？

　　逸平向他點了點頭，作家泫然欲泣，向大家深深一鞠躬。

♪作家、逸平

我底死，埋在南洋！

♪安琪

我不會忘記——

♪作家、逸平

| 一場戰爭，一刀割 -- 開， | 一場戰爭，一刀劃開， |
| 我的人生，到底佇佗位？ | 我的人生，到底在哪裡？ |

♪安琪

活著的證明。

♪全體

我底死，埋在南洋！

♪作家、逸平

| 袂記得紮 -- 轉 - 來……。 | 忘記帶回來……。 |

在作家的幻想中，身處南洋戰地的逸平，在茫茫人海中發現了莎琳的身影——同時間，莎琳也回眸看見了他。他們奔跑穿越重重人群，來到彼此身邊。

兩人淚目以對，臉上卻掛著無比甜蜜的笑容。

他們緊緊擁抱彼此，像是再也不願分開。

—— 現實中的遺憾，就在故事裡讓它完成吧。

♪莎琳

目屎流，目屎滴——　　眼淚流，眼淚滴——

♪莎琳＼逸平

點點滴滴攏是你　　點點滴滴都是你

看著作家欣慰的神情，安琪牽起他的手，露出燦爛的笑容。

—— 這個故事，已經安妥地交到了她的手上，永遠銘記在心。

♪安琪

就讓我——

♪作家、逸平

將一切——

♪安琪

我不會忘記！

♪作家、逸平

將故事繼續傳 -- 落 - 去！　　將故事繼續流傳！

♪全體

活在永遠的——

在一九四○，我不會忘記。

在一九四○，活著回去！

一「在一九四○，我不會忘記。在一九四○，活著回去！」

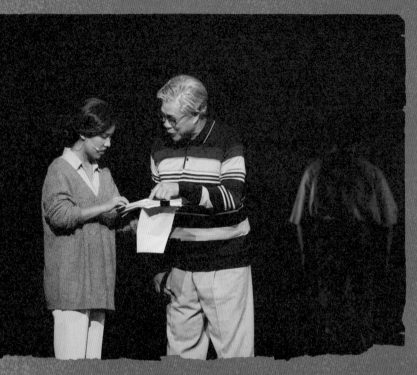

「一篇閣一篇，開遐爾濟年的時間，
阿爸你總算寫了……矣。」

「你活咧轉……來，才有這个家，有我……。
遮的故事予我頭一擺感覺……著，
我規个人完整……矣。」

247

謝詞

| 歌曲｜敬酒歌 |

♪全體

這齣戲，感謝有你，
我們攜手，回到消失的過去。

這故事，有我有你，
舞台落幕，人生繼續。

這首歌，最後獻給你，
獻給我們腳下，最美麗的土地。

我開始，你繼續，
我們的歌聲不會停。

我開始，你繼續，
讓我們一起走下去。

邀請你，牽手鬥陣，　　邀請你，攜手齊行，
做伙溫柔捀（phâng）起浮沉的記持。　一同溫柔捧起浮沈的記憶。

若無你，有情有義，　　如果沒有你，情義相挺，
甘甜傷悲，只有家己。　　歡笑悲傷，唯獨自己。

因為你，時代的珠淚。　因為有你，時代的眼淚，
幻化春風開出上美麗的花蕊　幻化春風開出最美麗的花朵。

我的歌，你來應，　　我唱歌，你應和，
這就是咱的聲音。　　這就是我們的聲音。

我的歌，你來應，　　我唱歌，你應和，
將歌聲繼續傳 -- 落 - 去。　　將歌聲繼續傳下去。

附註 │ 〈寄話歌〉為〈敬酒歌〉之台語重新填詞版。

後記　文學的光：《熱帶天使》與我

　　音樂劇《熱帶天使》創作起始於 2018 年下半年，至 2023 年大劇院版本製作，北中南巡迴演出暫告一段落。對我來說，這是一段「回歸」的旅程：透過這個作品，我重新認識了離開已久的家鄉、努力精進生疏的母語，以及最重要的，找回自己創作的初心。

　　離開台中二十年，故鄉彷彿變成一座陌生的城市。小時候和同伴騎著腳踏車「遠征」，以為來到的城市邊緣，如今已豪宅與商場林立。雖然老家所在舊城區，街廓氣質優雅依舊，卻也難掩歲月侵蝕的痕跡——這裡同時也是小說原作者陳千武先生少年時的生活場域。藉由蒐集資料、重新走訪舊城區的大街小巷，並召喚青春時的回憶，疊合進 1940 年代的歷史想像之中，再次深深被這座城市的溫度和美麗所感動。《熱帶天使》主角林逸平的旅程也自此展開。

　　少年時期的我並不太快樂，時常耗盡全力在與心魔對抗，在狂放與孤獨之間來回拉扯。幸好我喜歡閱讀，文學成為我寄託心靈的秘密基地。十五歲時，我初次閱讀陳千武小說《獵女犯》，便與書中人物情感產生強烈的共鳴。而後在摸索創作時，也很幸運得到千武老師的鼓勵，因此便結下了緣分。

將小說改編成劇本，是一項難度不亞於原創的大工程。如同動漫圈子盛行「二創」，讀者基於對原作的熱愛，於是用自身的創作與之對話。對我來說，將陳千武小說《獵女犯》改編爲音樂劇《熱帶天使》，便是將我多年來對千武老師的景仰，以及對其作品的感動，化爲實際創作行動的一個作品。

　　創作過程中爬梳了大量史料，時而驚喜，時而迷路。每當找不到方向時，我便會回到小說，重新思索——這個故事最核心的精神是什麼？以及，我該如何將它用戲劇形式，傳遞給新世代的觀衆？——也因此在原作情節、史實與戲劇張力間，我不時必須做出取捨。這也讓音樂劇《熱帶天使》與原作有了若即若離的關係，成爲最終各位所見的面貌。

　　這部作品的完成，過程中接受了太多人的協助，我都感激在心。在此特別感謝陳明尹先生慨然授權改編、臺中國家歌劇院駐館藝術家計劃大力支持、台灣陳千武文學協會，晨星出版社，以及不斷鼓勵我的創作的師長、朋友與家人。

　　最後誠摯祝福各位讀者，都能在閱讀裡找到照亮心靈的那道光。

林孟寰

音樂劇《熱帶天使》創作幕後祕辛

Podcast【劇場狂粉的日常】錄音訪談紀錄

🕐 **時間**｜2023 年 9 月 3 日　　⊗ **受訪者**｜●雷昇、●林孟寰（大資）

📍 **地點**｜劇場狂粉的租屋處客廳　　🎙 **主持人**｜吉米布蘭卡、鳳君

> 　　　　　9 月 3 日天氣晴，不，是炎熱！
> 　狂粉毫不保留開啟自家冷氣空調，等待兩位好友到訪。果然，一旦
> 聊到劇場就停不下來了；正式開錄前這段關於劇本書的討論，看似
> 閒話家常，但其實很有意思……。

大　資：我昨天一直到凌晨三點，終於把劇本書修改完成了。（深呼吸一口氣）

布蘭卡：瘋了瘋了！

雷　昇：用寫小說的概念在寫。

大　資：真的是……。

布蘭卡：大、工、程、哪！（加重語氣）

大　資：其實是因為讀者和觀眾視角是不一樣的。

雷　昇：沒錯。

大　資：以前劇本書只是把劇本印出來，但是對於一般讀者來講閱讀起來
　　　　　很吃力。

布蘭卡：我先承認自己在早期還不習慣讀劇本，通常是因為要看戲所以去
　　　　　讀劇本，然後就發現真的很難在上頭獲得些什麼。一直覺得劇本
　　　　　很無聊很無感，即使是同一齣作品改編過許多版本，也要到劇場

實際觀賞才會認為，「喔？滿有趣的耶！」，原來劇本裡頭描述的畫面長這樣子啊。（大資和雷昇不斷點頭附和）

雷　昇：很需要想像力去填補啦！

鳳　君：所以可以總結一句話，現在在場的三個人想像力比較匱乏？（笑）

大　資：我覺得是不熟悉耶，記得大學剛讀戲劇系時，也覺得劇本很無聊，明明演出都十分有趣，但怎麼劇本看起來就是有點糟糕。

雷　昇：我自己念戲劇所時還沒有讀劇本的習慣，所以一開始超痛苦。（搖頭皺眉）

大　資：看戲培養出的習慣還沒有植入 DNA 裡，也就是你是否可以直接看著文字，轉化成舞台上的場景。

鳳　君：啊啊，我知道，因為一般小說都會把角色現在所處的時間和背景告訴讀者，像是人物正在思考什麼啦，天氣如何啦，表情如何啦，他們穿著什麼服裝啦，都很詳細地描寫跟形容。

布蘭卡：還有一個原因，讀者必須曾經進到劇場裡頭看戲過，知道劇場是怎麼樣的空間架構和場域，才能夠在文字裡面填入想像和畫面。

大　資：我覺得這個話題好有趣喔！

（眾人歡欣大笑）

雷　昇：大家是如何讀劇本的經驗談呢！

布蘭卡：對啊，這個討論真的很有意思，因為以前真的覺得讀劇本好枯燥

鳳　君：（微微沉思）我自己倒還好耶，可能讀的不多，大半是撰寫訪綱前的準備。

雷　昇：你要不要考研究所？

鳳　君：咦？（笑）

大　資：假如是很早期的劇本，像是田納西・威廉斯[1]，舞台指示和說明可能就寫了半頁以上的長度。

雷　昇：大概是對話的三倍長，那個年代就是故意要寫得很細。

大　資：所以這種劇本就比較容易當成小說在看。

雷　昇：對，而且會去比較每個劇作家之間的差異。

布蘭卡：是不是就表示這個編劇也許很有控制欲或強迫症？

大　資：有一點。

雷　昇：很怕導演會扭曲他的想法。

大　資：所以近代編劇反而在舞台指示、動作和環境的描寫偏少，讓演員和導演有多一點詮釋空間，若把它寫得很固定，那麼他們就非得按照劇本做。

雷　昇：也是因為從前以劇作家為核心，後來導演與演員意識抬頭之後，就有較多的詮釋空間。

鳳　君：確實，之前有遇過來賓說過他們搬演的作品，劇作家寫得鉅細靡遺。

布蘭卡：用逗點表示停頓時間三秒，若文字出現五個逗點就表示十五秒。

鳳　君：不過應該也有非常空白的劇本？端看劇作家的風格囉！

閒話家常告一段落，狂粉正式開錄囉！

先讓大資發表得獎感言？

原來劇本前前後後修改了 20 多次？

布蘭卡：大家好，我是吉米布蘭卡。

鳳　君：我是鳳君。

布蘭卡：我們是

鳳君、布蘭卡：劇場狂粉的日常。

布蘭卡：這集呢，不算是宣傳節目，雖然也是的確有要演出啦。

鳳　君：歸類在特別集，因為他們要來公開心路歷程，而且要從一個十五

歲的文學少年開始講起，呃，我們要講這麼遠嗎？

布蘭卡：你有得到他的允許嗎？（笑）

鳳　君：嗯，沒有要得到他的允許，就是要聊這塊，我有寫在訪綱裡捏！（理直氣壯樣）

布蘭卡：今天要來聊大家很熟悉的音樂劇作品叫做《熱帶天使》，當各位聽到這一集的時候，劇本書應該已經順利出版了。先把兩位重要的編劇和作曲家給 CUE 出來，首先歡迎編劇，大資。HELLO~ 大資。（情緒高昂）

大　資：大家好，我是林孟寰，大資。

布蘭卡：再來是第二次來玩耍的雷昇。

雷　昇：大家好，我是雷昇。

布蘭卡：雖然說現在錄音的當下，劇本書正在如火如荼進行中，但我們先讓你發表一下劇本書出版之後的感言。

鳳　君：就跟三金獎一樣啊，明明頒獎典禮還沒舉行，記者都要提前問入圍者，假設得獎的話要說些什麼感想。

布蘭卡：來，先讓大資發表。

大　資：我真的非常榮幸能夠出版這本書，非常感謝大家的支持，哈哈哈，什麼啦！（後仰大笑）

雷　昇：好認真的在演繹這件事情啊～

布蘭卡：劇本前前後後改了多少個版本，大資自己算過嗎？

大　資：大概近二十個版本左右，應該說這二十個幾乎都是在全本完成之後；因為一開始我跟雷昇創作熱帶天使的前期比較任性，一首歌、一首歌，一個場景、一個場景把它創造出來，所以最後拼成一個完整體時，修改次數非常驚人。

布蘭卡：（驚呼）全本之後修改了二十次，劇組不就要瘋了呀？

大　資：有一些是喔，還有一些是雷昇瘋了，然後劇組人員看到的可能都是我們已經瘋完的狀態。（笑歪）

雷　昇：因為每回讀劇前還是需要有個定本，畢竟我們讀劇讀了很多次啊，不可能每一次都不同。

鳳　君：所以每一回演出後都會要改一下？（舉手認真發問）

布蘭卡：其實本來作品就是會不停地修正，才會往更好的方向去哪！

鳳　君：不一定哦，我覺得修改這麼多次，表示大資和劇組非常認真；也是有遇過作品演出之後被罵，但下次重新搬演還是沒改的啊。

布蘭卡：誰？

鳳　君：誒～就不講，呵呵呵！（掩嘴竊笑）

大　資：我剛就在思考你想要講誰。（好奇）

從《獵女犯》到《熱帶天使》

原著作者和大資的淵源是？

一切的起頭是當年那位十五歲的文學少年？

大資的家原來曾經是興盛的文學沙龍？

鳳　君：很推薦大家購入劇本書的同時，也買本陳千武老師的原著小說《獵女犯》，是不是先說說《獵女犯》和大資的源淵，據說可以回溯到二十年前，那位十五歲的文學少年。

大　資：因為家裡的關係，很早就認識這位文學大師，但小時候覺得他只是一位普通歐吉桑；加上家母交友廣闊，中部一些文人會來家裡聚會，聽起來或想像中都很風雅，但其實就是泡茶、喝酒跟閒聊啦！

鳳　君：所以大資家裡算是一個文人沙龍嗎？[2]

雷　昇：文學世家。

大　資：對，但聚會都是在吃吃喝喝，即使小時候就認識這位大師，卻沒有感覺他有什麼特別的；直到國中開始真的對寫作產生興趣，大家都尊稱他"陳（ちん）さん"（日語發音，意指陳老師），就把他的小說和詩找來看，結果一看發現不得了耶，我好喜歡喔，沒有別的原因，就是好喜歡喔！立刻入坑變成粉絲，不斷地閱讀老師的各種文章作品，然後就一直把這件事情放在心裡面。

鳳　君：哇～從十五歲放到現在。

大　資：其實大學時就有想把《獵女犯》改編成舞台劇，但真的很難……，因為這本小說描繪的是二次世界大戰，台籍日本兵在南洋發生的歷史、語言和人性，還年輕的時候來看很迷人，可是你沒有辦法處理，所以一直拖一直拖。

鳳　君：因為《獵女犯》牽涉到的議題和歷史實在太過龐大，覺得自己的能力還不足以駕馭它。那大概是什麼時候或是契機察覺到自己得以開始著手製作了呢？

大　資：大約是在 2018 年的下半年，臺中國家歌劇院邀請我擔任駐館藝術家，那時候他們問我有沒有想做什麼想傳達的，腦海中突然間就冒出這個念頭：誒，我要把《獵女犯》改編成音樂劇。加上合作多年的搭檔雷昇在美國讀音樂劇，時不時分享跟音樂劇相關的資訊和想法，就覺得音樂劇其實非常有趣，它能轉化原先很嚴肅的題材；由於音樂本身就是一種高度娛樂性和藝術性的表現形式，或許剛好是個破口能夠來處理這個如此複雜，堅韌又很硬派的小說。

布蘭卡：資源有了，時機到了，就趕快提交願望清單。

鳳　君：這樣算不算另類的追星成功？（抿笑）

大　資：真的耶，我常常在想，終極粉絲就是你做出一個作品，跟你喜愛

的偶像明星連結上了！（迷弟模式燦笑）

布蘭卡：大資的人生清單 bucket list，其中一個選項就打勾啦！不過，其實這部原著小說已經絕版了二十年，沒想到台北場演完一週後，新版小說首刷就賣完哩，而且還立刻再版，這情形真的是挺難得的。

文學轉譯是很重要的傳承管道
大資多年的好搭檔雷昇，其實不會講台語？

布蘭卡：在這個時代書市其實一直在萎縮，所以文學轉譯[3]是一個很重要的管道，除了出版社很興奮外，有沒有收到其他反饋？譬如，因為看了音樂劇，所以特別想去了解這段歷史。

大　資：有啊有啊，在推廣這齣戲的時候都會提到，我們努力把這齣戲做得好看，不過若是真的想瞭解真實的時代背景與作家的深度，還是要回到原點去閱讀原作小說；小說內容本身就很扎實，所以也不可能是搭配到我們的戲才讓書賣得很好，有點像是魚幫水、水幫魚，恰巧在這個時刻推出了再版。有文學讀者是因為好奇小說怎麼轉換成舞台劇，所以來看我們的戲，更多的是劇場觀眾，看完戲後同樣好奇台灣有這樣的小說怎麼我不知道，因此就把書找來看。

布蘭卡：我先舉手承認，很多知識是從劇場裡獲取到的，不論是這個人，這本書，還是這個故事，都是因為劇場要演出這個題材，我便開始去挖掘所有相關資訊。

鳳　君：再次證明，文學轉譯的管道非常重要，大資曾說，其實文學在以前就是小眾。

大　資：一直都是小眾，還會持續小眾下去。

▲ 2019 年首次上半場讀劇，其中三名演員持續參與演出直到 2023 年。

鳳　君：加上現代人很懶得看文字，又有各種短影音的不良影響，要求某
　　　　些人看長篇文章不如殺了他（笑），因爲太沒耐心了。不過，雖說
　　　　文學轉譯有其必要性，但前提條件是轉譯出來的東西夠吸引人，
　　　　所以我自己當初覺得《熱帶天使》被轉譯成音樂劇十分剛好也正
　　　　逢時機點，台灣近幾年的音樂劇還頗蓬勃發展的。

布蘭卡：一邊聆聽悅耳的歌，又同步知曉到這段歷史。接著來聊聊音樂劇
　　　　的核心靈魂—音樂。

鳳　君：我一直都很喜歡雷昇的音樂，《熱帶天使》的故事本身就相當大器，
　　　　雷昇的曲風非常適合，起初接觸到這個故事會覺得很難寫嗎？

雷　昇：大資邀請我參加這個計畫時就跟我打預防針（微笑），但回顧自己

在紐約看的幾檔戲，發現其實我一直都很愛硬派的題材。

鳳　君：比如說？

雷　昇：我很喜歡 Hamilton[4]、Come from Away[5]，題材其實都不輕，包括我看過幾個外百老匯製作，不管是個人情感還是歷史議題都偏重。

鳳　君：聽說雷昇之前是不會台語的？

雷　昇：對對對。會講一點點，但是非常爛啦……。

鳳　君：這算另一個困難點嗎？對你來說等於是用外星語來寫音樂？（笑）

雷　昇：會聽不會講，因為爸媽都是會講台語。

鳳　君：在譜曲時，如果詞韻上必須要和諧相符的話，會需要很大的磨合嗎？還是你們兩個太有默契所以沒差？

雷　昇：那時在紐約，我一直在處理英文樂曲長達三年多，英文不是自己的母語，但語言就是要去了解它的特質，強項是什麼，如何去書寫旋律能夠讓別人聽得懂或比較容易接受。我有把寫英文樂曲的部份經驗挪用到寫台語樂曲上，劇中的日語則是點綴。

▲ 2020 年在臺中國家歌劇院進行全本讀劇演出，奠定《熱帶天使》大致風貌。

> 述說歷史是一種任務，我們要把歷史書寫回來
>
> 創作過程的各種恐懼擔心轉化成勇敢的行動！
>
> 演員熟悉歷史的第一步驟是碰觸考古文物？（怕）

布蘭卡： 幾年前台灣音樂劇的題材大多是小情小愛，著重在個人生活，會不會擔心台灣觀眾，特別是音樂劇觀眾，碰到這麼硬的題材會無法消化呢？

大　資： 到現在還是擔心啊！（苦笑），但我覺得這齣戲，從 2018 年一路寫到現在 2023 年，一路上歷經很多次讀劇，很多次音樂會，每次大家都會說這個題材好硬，但還是前仆後繼的來觀賞，觀眾不斷地出現，其實讓我們備受鼓舞；這麼多年來，台灣觀眾的品味逐漸愈來愈好，累積了許多觀賞國內外音樂劇的經驗，外加這是在敘述我們這塊土地的故事，雷昇的音樂又如此迷人，即使你不懂那個時代亦不是你此時此刻關心的。終究，《熱帶天使》的主題是關於人為什麼活著？

鳳　君： 這真是一個大哉問。

大　資： 雖然每次要去上班或開會前都會想詢問自己為什麼要繼續，但戰爭當中人性的試煉，本就不是日常生活中會探究的問題，但透過優美的旋律，會把人帶到那個情境裡，跟著主角一起去思索到底要怎麼克服困難，到底為何死了都要愛。

布蘭卡： 真心覺得這個劇組好勇敢，就像我的上班同事認為，工作一整天已經很疲累了，被老闆壓榨，廠商讓人抓狂，為什麼我還要在休閒時間去觀賞一個如此沉重的題材。

鳳　君： 單純讓自己放鬆不好嗎之類的？（攤手樣）

布蘭卡： 對啊，畢竟這個故事可能也沒有跟現在的自己息息相關，譬如性

別平權或者居住正義，它是久遠的一個戰爭事件呀。

鳳　君：但老實說我當初沒有很擔心耶，甚至覺得時機正佳；大家開始陸續接受轉譯過後的文學和歷史情節。早期的解謎遊戲〈返校〉被拍成電影，2021 年的電視劇〈斯卡羅〉，背景有白色恐怖和原住民事件，皆是相當沉重的史實過往。我們這一輩，經常說要把歷史書寫回來，所以願意接觸這樣的題材。音樂劇剛好又可以帶一波民眾進來。

布蘭卡：仔細瀏覽整個創作團隊，包含雷昇和大資，發現絕大多數演員都跟我們差不多大，約莫 1980 之後，甚至是 90 後，一開始大家其實都對這段歷史不熟悉？

大　資：做歷史題材的第一件事情，就是要把大家帶回那個情境中，當然要先閱讀原作小說，接著提供參考資料。我跟這個題材相處了很久，彷彿談了場二十年的戀愛，是個老夫老妻的狀態。（笑）所以在演員初期工作時，就先丟出準備好的資料包，額外的書籍不一定有時間看完全部，但摘錄出重要章節，搭配參考影片跟素材。演員都很認真，他們會希望從各方面的線索來推動自己創造角色，在台上表演時比較有安全感，所以相信這些資料對他們來講是很有幫助的。

鳳　君：在讀劇之前，大資老師要先丟回家功課唷！（笑）

大　資：疫情期間我還真的有在劇組內開線上的課程跟講座，文學一堂，歷史一堂。

雷　昇：三級警戒的時候，因為大家都在線上工作、排練和練歌，所以就開了講座。

大　資：有個比較特別可以分享的花絮，我把自己工作這個題目多年來累積收藏的文物，在今年這輪製作開始之前的首次讀劇拿出來展示，

眞的是那個年代的文物唷！（開心溢於言表）

鳳　君：文物嗎？有哪些東西呢？

大　資：那個年代簽名的日本國旗，軍帽、水壺、軍人手冊和一些照片等等，我收集了一小批。

鳳　君：你去哪裡考古來的啊？

大　資：當劇本寫不下去的時候，就會想要透過購物來舒壓，哈哈哈～（開懷大笑）讀劇結束後，我們帶了這批小物，讓大家感覺一下我們要還原的眞實存在。

鳳　君：現場有考古文物可以看，假如你又熟悉歷史的話，我覺得當下會滿激動的耶！

布蘭卡：對啊，畢竟是具備歷史性的東西，會有人覺得考古文物很可怕嗎？

鳳　君：可怕在於？可能有付喪神[6]在上面？哈哈哈……。

布蘭卡：說不定冤魂不散唷～（裝鬼模樣）但如果文物眞的會自己開口侃侃而談它經歷過哪些事情，做田調很方便捏！

大　資：是沒錯，但應該會先被嚇尿，然後忍著聽完對方落落長的一生。

雷　昇：怎麼……聽起來有點可怕……。（壓低音量）

鳳　君：過程還飄在半空中……。（雙手在空中晃動）

大　資：慢條斯理的告白：我是你的水壺……。（越講越小聲）

兩個世代的創作者和表演者因為《熱帶天使》在劇場相遇
是懷揣著一份使命感還是無形的奇妙緣份！
《熱帶天使》一路走來不斷地在進化耶？好有生命力的感覺！
千呼萬喚始出來的原聲帶，請掌聲加尖叫！

鳳　君：雷昇身為作曲家，當完成一首曲子，從演員嘴巴唱出來的瞬間，

會很驚喜嗎？雖然說可能自己會先唱過一輪。

布蘭卡：聽自己譜的歌曲聽到哭的意思？

鳳　君：之前我看過一個電影配樂的紀錄片，某個配樂家說其實在腦海中已經 round 過一回旋律了，但是當樂團集結起來，第一次將所有聲部融合在一起並演奏出來的當下，他真的感動到哭，所以我猜測雷昇或許也有過這種感覺，尤其像楊烈大哥這麼有故事的演員來詮釋樂曲。

雷　昇：好像比較少，可能因為烈哥這個角色在去年由林子恆飾演過；但初次聽到烈哥唱《熱帶天使》的橋段還是會挺震撼的啦，烈哥，嗯，就是我們當初想要的中年作家的樣貌，充滿年代感的聲音……。

大　資：雷昇比較有偶包啦，不會在大家面前哭，哪像我都是在大家面前哭到爆炸。（笑）

▲ 2023 年三月於水源劇場舉辦音樂會，為五月正式首演先行做暖身。

鳳　君：所以楊烈一開口是大資在旁邊哭？哈哈哈～

雷　昇：烈哥第一次唱的時候，你有哭是不是？（望向大資）

大　資：每一次讀劇我都會哭啊～（難掩真情）

鳳　君：有耶，其實我第一次聽楊烈大哥唱的時候，雖然沒掉淚，但內心
　　　　是很糾結的。

布蘭卡：就是一個有故事的聲音哪！喔嗚……。（捂胸口）

鳳　君：然後會一股心酸湧上，他正在唱出他過去的生命歷程。

大　資：所以創作著實很有意思，創作者以為寫完就似乎已將作品完稿，
　　　　等到交棒給演員，又需要再創作一輪，然後，最後最後，到觀眾
　　　　這邊才算是真正的完成。

鳳　君：剛剛講到生命歷程這個詞彙，我覺得《熱帶天使》一直在長大，
　　　　一直在進化，透露出滿滿生命力，是不是應該來回顧一下熱帶天
　　　　使的成長史。

雷　昇：編年史！

鳳　君：節目單裡面有列出編年史，2019 年大資擔任駐館藝術家，2020 年
　　　　《熱帶天使降臨前》只有六名歌手在南村劇場演出，當時雷昇是只
　　　　使用吉他伴奏對嗎？

雷　昇：吉他跟鋼琴。

鳳　君：而且幾首重要的核心歌曲都釋出了，大家很熟悉的〈女人樹〉、〈鹹
　　　　甜的滋味〉、〈一百萬種死法〉、〈時代袂當改變我的名〉。這幾首
　　　　歌一開始就先寫下的是嗎？

雷　昇：我想想唔，南村那幾首，〈你會當哭〉是裡面比較晚寫的曲，是
　　　　2019 年底第一次上半場讀劇後才寫的，其他都是第一次讀劇後活
　　　　到現在，所以滿厲害的～

鳳　君：要活著耶！有沒有！（小小激動）

大　資：因爲這四年創作下來，我們刪掉了不少歌。

布蘭卡：雷昇自己有算寫了多少刪了多少嗎？

鳳　君：沒有 "活著回來" 的歌曲……。

雷　昇：沒有活著的歌曲，應該快十首吧，就是沒有活到最新這回在台中演出的版本。

布蘭卡：那很多耶，沒有活到最後的十首，十首都可以拼出一部劇了哪！（跟著莫名激動）

大　資：但就算你喜歡，可是當它放在劇情裡面卻無法發揮作用，就必須忍痛把它拿掉，讓戲的呈現流暢，嗯嗯，幸好有做原聲帶。

雷　昇：裡面什麼都有，嘿嘿。

大　資：遺珠之憾都有收錄到原聲帶裡唷！（豁然開朗貌）

布蘭卡：之前聽大資說過台中第一個版本演出後，會再進行頗大的修改，有些好聽但沒有推進劇情的歌曲，真的只能忍痛跟他說掰掰，但不管是粉絲、聽眾或觀眾，總是會希望這些歌曲之後都還能夠聽得到，感謝你們出了原聲帶呀。（雙手合十）

　　　　　陪著作品成長的初代演員們，無法抹去的軌跡
　　　　看待《熱帶天使》猶如自己的孩子，該放手時會心痛？
　　　　《熱帶天使》還會延伸下去嗎？故事的後續怎麼了？

大　資：演員對我們的影響挺深的，在裡面飾演安子和松永的兩位演員，林姿吟和葉文豪，從 19 年讀劇就陪伴我們一路到現在；飾演男女主角的李曼、于浩威，也是從 20 年上半年的全本讀劇開始，到後來修改劇本，甚至是寫新的歌曲。其實都是用他們的形象、他們的聲音去想像並譜寫下來的。

鳳　君：所以不管拿掉任何一首，眞的都非常毋甘（不捨）吧！

大　資：對啊，之前要刪歌的時候，我邊騎摩托車邊大哭一場。就是因爲有感受、有感情才會把一首歌寫出來，今天要把它拿掉，自己也會像割肉一般感到無比痛苦，但你知道不得已，整體太胖了吧，捨棄這個部分會比較 fit 一點。

布蘭卡：是爲了讓整個作品更好。

大　資：瘦身，瘦身～（雙手比劃著縮小的動作）

布蘭卡：從 2019 年開始，中間還有 2020 年的線上播映版本跟臺中國家歌劇院的中劇院版本，接著到水源劇場，接著又去到臺北表演藝術中心的大劇院，你們，眞的做了好多場次喔！

大資、雷　昇：嗯，對啊。

鳳　君：而且越變越大，或者應該說愈變愈精緻；打磨很久耶，雷昇完成的第一首作品是哪首啊？

雷　昇：是〈女人樹〉，2019 年還在紐約的時候寫的，前面有說到歌曲首次被唱出來時有沒有很震撼很感動，〈女人樹〉就是一首。主要原因是我在紐約待了三年，很久沒有寫中文歌，那時候唱的是張雅涵，就是這次 Next to Normal[7] 的女主角，她剛好也在紐約；當下眞的覺得好懷念，好懷念自己熟悉的語言。

布蘭卡：過程中眞的不停增增減減，包含台北場結束後間隔台中場也不過短短幾個月，依舊有調整劇情跟場景，也蒐羅各方觀眾意見去做修正，壓力應該很大？

鳳　君：你們會仔細去看觀眾給的回饋跟意見是嗎？

大　資：會有人整理給我們。

雷　昇：我是眞的會爬文，翻留言看。壓力很大嗎，其實這齣劇做下去的時候壓力就很大了（笑），所以還好啦，自己知道做一個比較硬或

觀眾比較不容易接受的題材，各方面反應一定會有兩極呀。

大　資：好的評論當然是很開心，不好的也會有點打擊，不過我覺得只要有回饋，對創作者來講就是一種祝福。一路以來創作、做劇場，其實最怕你做完一部戲然後無聲無息。

鳳　君：無聲無息！對！這個最恐怖。（點頭如搗蒜）

大　資：甚至不知道自己做得好做得不好，該往哪裡去，收到許多回饋之後，反而是我們聚在一塊開會討論：我們任性地說完了我們想說的事情，這會是觀眾想要聽的嗎？創作其實分成兩個層面，一個是創作者想要說什麼，一個是觀眾；這群接受訊息的人他們想要聽什麼，必定要在中間找到平衡。假設全部都聽觀眾的，你的作品可能會少一些什麼，但若你只顧自己講卻沒有思考到觀眾，那就換成觀眾很辛苦。

雷　昇：劇裡面有首歌叫〈你會當哭〉，是大家覺得最洗腦的一首。

鳳　君：票選冠軍嗎？

雷　昇：這部分好像沒有分享過。2019 年底第一次讀劇，無意間收到某個評價說：音樂挺好聽的，歌詞也挺順的，一切都聽得懂，但似乎沒有什麼東西會被記得。

大　資：為什麼！怎麼可能？我才不會在意這些東西呢，哼！（雙手交疊假裝生氣）

雷　昇：對，有這種想法產生，但後來我回去思考了一陣，好啊，我就寫給你看！

鳳　君：哇哇，激不得，激不得！

雷　昇：因為先和大資有共識，上半場還需要一首男女主角對唱的歌，而且是兩個人推進關係的重要場景，所以先從旋律開始處理，認為這是一個應該要被記得的環節，而後才開始創作這首歌；〈你會當

哭〉基本上就是這樣子誕生的，有刻意的成分在。

大　資：我們初期還曾刪掉並重寫一首女主角的代表曲，那首歌真的很好聽。

雷　昇：重寫算是我們的選擇啦……。

大　資：因為女主角賴莎琳還有面相可以被挖掘，我們一開始用主題曲為這個角色定錨成一個苦命女子之後，就會限縮演員詮釋的可能性。

雷　昇：難在我們還是要把那個主題留下來，女主角的主題曲。

大　資：像前面有幾首歌，還是會有關鍵的旋律出現於其他段落。你可以重寫歌，但你不能完全重寫一首歌。

布蘭卡：仍然難免會有些掙扎，哪些要留，哪些要刪，關鍵旋律還要在其他地方出現，更要額外思考並編排整齣劇的比重。其實有看過原著小說的觀眾會發現，故事裡沒有死掉的人，最後終究要面臨一個很大的劫難。

鳳　君：角色們最終可能死在二二八事件。

布蘭卡：這是台灣本來就必須要公開、討論和面對的歷史。

鳳　君：小說中真的沒有提到二二八，寫得很隱晦。

雷　昇：用一個比較幽微的方式。

布蘭卡：文字淡寫輕描二戰之後有一個短短的動亂。

鳳　君：所以林逸平從南島回來之後並沒有很安生駒……。（略為悲傷）

布蘭卡：我覺得以他這麼慷慨激昂，情感豐沛的人來說，說不定還是得持續經歷如此多的劫難。

鳳　君：作者當初並沒有把這段放在作品裡面，或許是覺得太過沈重，大家需要喘口氣，畢竟我們都希望主角都可以一生平安。

大　資：這部戲要呈現的主題真的非常非常多，其實也一度考慮是否要處理主角林逸平從戰地回到台灣本島之後所發現的變化，但，這齣

戲已經很長了哪～（苦笑）

雷　昇：而且發生在島上的事情已經夠慘了～（跟著苦笑）

布蘭卡：期待可能有個二部曲啦……。

大　資：對對對，因此我也覺得相當有趣；雖然說我們是從〈獵女犯〉這個短篇小說集中的單篇出發，但其實裡面眾多的人物、細節，都是從其他不同的篇章抓來運用在戲裡面；如果先看戲再回頭欣賞原作，會有一種在找彩蛋的感覺，譬如為什麼會有旗語、為什麼會有一個古靈精怪的部落小孩等等，我們在原作小說尋找，這邊抽一點、那邊抽一些，融合成一個世界觀。

> 成立台灣陳千武文學協會，傳承……。
>
> 大資說：「從 15 歲到今年 37 歲，
>
> 我和《獵女犯》已經相處、糾纏夠久，變成人生的一部分，
>
> 不是說放就可以放下的，必須帶著走下去！」

鳳　君：大資在接受訪問時，曾經說過《獵女犯》已經變成他人生的一部分，不是說放就能夠放下，所以除了將《獵女犯》改編成音樂劇，還成立了〈台灣陳千武文學協會〉，感覺像是扛下了某部分文學推廣跟傳承的責任，當初成立協會的起心動念為何呢？

大　資：中部地區有群大概六七十歲的文學前輩們，都和千武老師有很深的連結，所以說，成立協會這個想法其實已經超過十年了，只是成立一個協會還要持續運作比較辛苦；加上千武老師的作品，像是《獵女犯》就已經絕版了二十年，願意參與且承擔行政雜事等責任的年輕讀者不多。成立協會最麻煩的就是這些行政雜事，但講來講去就是一個緣分，如果家母沒有認識千武老師，在千武老

師過世前兩年的 89 歲時，爲他寫了一本傳記，或許千武老師家和我們家的聯繫不會這麼緊密；如果不是我十五歲時看了這部小說，成爲他的粉絲的話，我可能不會在二十年後到處推坑大家讀這本小說，希望大家認識千武老師這個人。既然這緣份不是我決定的，是老天爺決定的，把這個擔子丟給了我媽，結果現在丟給了我，那麼我只好把它承接下來，然後，看老天爺想要把這個東西繼續傳給誰，那個人再繼續傳下去……。（眞摯堅定）

鳳　君：時間到了眞的會帶著你去做你該做的事情，雖然說可能是十多年前在某個人身上埋下的一顆小小種子，但你不會知道接下來會怎麼發展。

大　資：如果身爲父母有小孩的，眞的要愼選給小孩看的書喔，你不知道哪本書會影響他一輩子呢。

布蘭卡：眞的！我們也是因爲大資，所以看了這個演出，後來才去補齊並知曉原來台灣存在著這段歷史；時間，很神奇很特別，有時候我也會納悶爲何我們兩個會在這個時候想要做 podcast 呢？

鳳　君：因爲話很多啊～呵呵呵。

布蘭卡：也要有機會和時間呀，剛好我們也很想要推廣劇場，並不是說有錢有閒，就湊巧，稍微有點空閒可以來執行這個念頭。

鳳　君：很像是宇宙潛意識要你在特定的 moment 做特定的事，而且你會堅持下去，彷彿上天安排好的，你註定要持續前進。

布蘭卡：起初的辛勤和投入可能看不到成果，但，過去的累積及耕耘，說不定就在未來某一個點爆發，然後所有人都到齊，完成一部作品。《熱帶天使》經歷過這麼多版本，會不會覺得近乎完成體了呢，還是仍有東西需要細修？

大　資：我作爲《熱帶天使》的編導，認爲這個作品的雛形已經在那裡了，

劇場永遠都是跟當下的觀眾溝通，以及每次的參與者可能多少有差異，不同的演員產生的火花就不一樣，甚至會從演員身上長出新的東西；像是我們台北場的吉本和雪子這對歡喜冤家，Ctwo（林玟圻）和小P（辰亞御）演得非常非常的好，到台中場是謝孟庭跟陳品伶，就是完全不同的化學作用，甚至是角色的詮釋往另外一個方向去了。劇場的好處就是永遠都是當下發生的，只要這齣劇還在演，還有人看，就會順著我們當下的感覺去調整它，搞不好哪天雷昇又突然抓著我說他要重寫某一首歌，如果說服得了我，也很有道理的話，其實為什麼不可呢？

布蘭卡：好像也是可以捏？

大　資：只是會多出很多多餘的成本、新的成本，哈哈哈！

雷　昇：暫時沒有啦！音樂稍微複雜一些，假設前後幾個月要準備另一站的巡演，倘若要修改音樂，時間上就會滿緊迫的，當然實際上每

2023 年演出前，演員們與樂團、技術部門互相搭配的著裝整排。

次看都會想要改一些東西，純粹時程上允不允許，在時間允許的範圍內，做我們還能達到的程度；若要新寫一曲或重寫，包括編曲、樂團和編制等較爲繁複，調整就需要花費更久。

> 如果能超越時空，想對 15 歲的自己說些什麼呢？
> 每當有重要歷史偉人逝世時，我們總會感嘆道：
> 謝謝你活在這個時代；但現在我們更喜歡另外一句話：
> 謝謝你活「過」那個時代，你把你的生命歷程，
> 你的故事留下來讓我們知道。

鳳　君：我們應該來場跨時空的對話，此時此刻，《熱帶天使》邁向完成體，雖然說未來可能還有些想像和規劃，大資有沒有想對十五歲的自己，當年第一次看到《獵女犯》的自己說什麼？

大　資：嗯……。

鳳　君：要哭了嗎要哭了嗎？我要拿衛生紙嗎？（作勢要抽衛生紙）

大　資：我想要跟十五歲的自己講什麼呢？（低頭沉思）

布蘭卡：到底爲什麼挑到這本小說？（笑）

鳳　君：現在你完成這麼多事情，再回頭看那時候的自己 —— 心中已悄悄萌芽的 15 歲文學少年。

大　資：不要整天看書啦～出去玩啊，多跑多活動，如果你願意出去走走看看，交交朋友也不錯；但如果你沒有辦法出去走走看看，或者交到懂你的朋友的話，我覺得翻開《獵女犯》這本書，其實你是不會後悔的啦！其實透過閱讀，你就是找到一個穿越時空的朋友。你不可能活過別人的人生，你不可能真的去結交認識書中的角色人物，可是在閱讀的當下，只要全神投入就會宛如身歷其境，似

乎眞的聽到這些人跟你對話。我認爲在我靑澀的文藝少年階段，閱讀對我來說是十分珍貴的一種習慣，抑或是萬分珍貴人生中有這麼一段熱愛閱讀的時期。

鳳　君：所以還是要感謝自己，當時十五歲的自己有閱讀《獵女犯》這本小說呢！

大　資：但認眞推理起來，是那時候我媽在整理相關文獻，在家中隨手亂丟資料，然後我順手拿起來。（表情莞爾略帶尷尬？）

雷　昇：所以這在告訴我們，書不要亂丟。（衆人大笑）

大　資：家母直至今日依舊在餐桌上工作，桌上就會留下兩本書，在客廳工作，客廳的桌上就會留下兩本書。（吐槽的語氣）

鳳　君：唉唷，所以我們要好好感謝大資的媽媽，把書亂丟在桌上，所以現在才看得到《熱帶天使》嘿！

大　資：眞的是緣分……。我們也希望《熱帶天使》變成是一齣不會封箱，我們會努力時不時拿出來跟大家見面的作品。

1 ｜田納西‧威廉斯（Tennessee Williams）

Thomas Lanier Williams 以筆名田納西‧威廉斯（Tennessee Williams）聞名，二十世紀美國最重要的劇作家之一。1948 年及 1955 年分別以《慾望街車》（A Streetcar Named Desire）及《熱鐵皮屋頂上的貓》（Cat on a Hot Tin Roof）拿到普利茲戲劇獎。

2 ｜沙龍

是法語 Salon 一詞的譯音，原指法國人上流階級人士住宅中的豪華會客廳。意旨主人邀請其他客人參聚會，增加彼此交流的機會、藉此提升修養或娛樂自身。最早出現於 16 世紀的義大利，17-18 世紀的法國極爲流行，直到現代仍然存在。

3 ｜文學轉譯

「轉譯」一詞常見於文化產業，原先是從醫學領域而來，指得是「蛋白質生物合成過程中的第一個步驟」，2000 年加拿大健康衛生研究院（CanadianInstitute of Health Research）曾在2000年提出「知識轉譯」—「用以陳述並縮小研究知識與臨床實踐間的鴻溝」；也就是試圖將困難或龐雜的知識，用一種合適且淺顯易懂的方式轉化翻譯出來，以此親近普羅大眾，後來「轉譯」的應用範圍從公共衛生延伸擴展至人文藝術領域。

4 ｜Hamilton

中譯《漢密爾頓》（Hamilton: An American Musical），是一部美國音樂劇，講述美國開國元勳亞歷山大‧漢密爾頓的故事，由 Lin-Manuel Miranda 編劇、作曲及填詞，演出獲得破紀錄的十六項東尼獎提名，得到最佳音樂劇等十一項大獎，評價與票房都取得了巨大成功。

5 ｜Come From Away

中譯《來自遠方》，是一部加拿大音樂劇。該劇由 Irene Sankoff 和 David Hein 共同編劇、作詞和作曲，改編自眞實故事，講述 911 事件後一週，因黃絲帶行動（響應 911 的民航改航行動），三十八架飛機接到指令緊急降落在加拿大紐芬蘭與拉布拉多省 （Newfoundland and Labrador）的小鎮甘德（Gander）。

6 ｜付喪神

是日本的妖怪傳說之一。指器物保持完好狀態且日經月累超過 99 年，就會擁有靈魂獲得生命，類似於中國民間信仰的「成精」。

7 ｜Next to Normal

中譯《近乎正常》，是美國 2008 年推出的搖滾音樂劇，並榮獲普立茲獎肯定。故事描述一位母親患有雙相情感障礙，刻劃疾病對家人的影響，並探討悲傷，抑鬱，自殺，濫用毒品等議題。2023 年由活性界面製作取得原版授權引進，由台灣音樂劇演員重製演出。

逐字稿製作｜張教煌　　**文字後期編輯**｜鳳君、林孟寰　　**劇場狂粉頭貼繪師**｜王映婷

工作照攝影師｜張元、林政億、蔡之凡　　**影片製作**｜莊知耕

《熱帶天使》演出場次與曲目表

————————— 上半場 —————————

第一場

中年作家林逸平在寫作中，回想起戰爭年代的往事，彷彿回到自己年輕時的過去……。

曲目：〈在 1940〉（作詞：林孟寰、MC JJ）

第二場

1940 年代，日本殖民統治下，熱血少年林逸平因不服從學校推行皇民化運動，反抗師長，因此失去升學機會。林逸平爲了幫妹妹月里籌措醫療費，在學長吉本慫恿下，勉爲其難地加入軍隊，前往南洋戰場。

曲目：〈時代袂當改變我的名〉（作詞：林孟寰、MC JJ）

〈前進〉（作詞：林孟寰）

第三場

來到南洋的林逸平，他意外聽見被抓來當慰安婦的當地女子賴莎琳的哭喊，熟悉的鄉音引發了他的好奇。

第四場

賴莎琳因爲屢次逃跑、反抗，被單獨監禁在倉庫。而和她一起被抓來的同伴卻決定不再反抗，讓她感到失望不已……被囚禁的賴莎琳向上帝禱告，追想她如今已無法實現的夢想。

曲目：〈我上婿的夢〉（作詞：林孟寰）

第五場

林逸平來訪，藉由分享象徵家鄉味道的花生糖，兩人搭起友誼的橋樑。儘管林逸平無法救她出去，但他仍答應會幫賴莎琳找回遺失的十字架。

曲目：〈鹹甜的滋味〉（作詞：林孟寰、MC JJ）

第六場

軍官松永與慰安所媽媽桑安子在一同散步的途中，安子猜測松永有放不下的舊情人，但被否認。這時發生騷動，松永要求林逸平處決違反軍紀的犯人，林逸平退縮遭到斥責。

曲目：〈化作神風〉（作詞：林孟寰）

第七場

林逸平獨自練習槍法時，卻被愛搗蛋的土著小孩小偷玩弄於股掌之間。兩人還意外目睹吉本向慰安所教官雪子調情。但最後林逸平接獲月里不幸的訊息，頓時陷入絕望。

曲目：〈獵人與獵物〉（作詞：林孟寰）

第八場

安子媽媽開始對「新人」進行稱為慰安婦訓練，強迫她接受亂世女子不得已的生存之道，賴莎琳身心受創。

曲目：〈女人樹〉（作詞：林孟寰、雷昇）

第九場

林逸平被吉本強行推進慰安所，賴莎琳用溫柔包容平息了他的悲憤，兩人重新燃起對未來的希望。他們在南十字星的見證下，向彼此約定要好好活著。

曲目：〈你會當哭〉（作詞：林孟寰、MC JJ）

第十場

後日，林逸平來慰安所探視賴莎琳，但卻遇上土著襲擊，林逸平意外誤擊中小偷，令他內心震盪——不想和日軍同流合污成的他，發誓要用自己的生命贖罪。

歌曲：〈南十字星〉逸平（作詞：林孟寰、MC JJ）

中　場　休　息

──────── 下　半　場 ────────

第十一場

戰況不利，困守的島上的軍民只能自欺欺人，相信戰局即將扭轉，為國捐軀也死不足惜。

於此同時，林逸平為了贖罪，決定偷放賴莎琳逃跑，自己接受處罰。賴莎琳不願他為自己犧牲，決定要留下……兩人因此也確認了對彼此的感情。

曲目：〈榮譽的軍夫〉（作詞：林孟寰）

第十二場

林逸平和賴莎琳被衛兵抓到，幸好松永及時出面救援，並下令由賴莎琳受罰，林逸平憤而毆打了松永。安子不解松永為何袒護下屬，察覺了他隱藏的感情——松永懷想起和林逸平神似的青春戀人平田。當年平田死於關東大地震後，松永便繼承他崇尚軍國的理想，走上戰爭的不歸路。

曲目：〈火〉（作詞：林孟寰）

第十三場

士兵吉本得知雪子弄傷軍官，可能會被處刑，於是兩人決定不顧一切地逃亡。

曲目：〈一百萬種死法〉（作詞：林孟寰）

第十四場

雪子和吉本逃亡失敗，安子媽媽出面營救。眾人面對殘酷戰局百感交集，匯聚成對最終決戰的意念。然而二次大戰猝不及防地宣告結束，讓所有犧牲都白費。

曲目：〈戰爭結束的那一天〉（作詞：林孟寰、MC JJ）

第十五場

松永下令焚燒慰安所，並決定在火場自殺，卻在此時遇到前來尋找賴莎琳的林逸平。林逸平勸松永放棄執念，但松永已經沒有回頭路，開槍射擊了林逸平。

松永與林逸平訣別後，決定切腹自盡。

曲目：〈火 reprise〉（作詞：林孟寰）

第十六場

黃泉路上，林逸平受到死亡的誘惑，要隨著亡者們一起離去，卻在最後時刻被賴莎琳喚醒……。

曲目：〈鹹甜的滋味 reprise〉（作詞：林孟寰、MC JJ）

第十七場

從廢墟中甦醒的林逸平，帶著精神失常的吉本準備搭上遣返船，卻發現戰後南洋台灣兵成為無人理會的國際孤兒，有家歸不得。為此林逸平發出對命運的不平之鳴！絕望中，他找到賴莎琳遺留下來的十字架，重燃活著的希望。

第十八場

時間回到現代，女兒聽完父親的故事，除了慶幸他活著回來，賦予了自己生命。而他寫下的這些故事，不僅完整了她的人生，也讓所有人都活著回來。

曲目：〈在 1940 reprise〉（作詞：林孟寰、MC JJ）

謝幕

曲目：〈敬酒歌〉（作詞：林孟寰）

　　　台語版〈寄話歌〉（作詞：林孟寰、黃郁盛）

音樂劇《熱帶天使》首演記錄

作　　　曲｜雷　昇
編　　　劇｜林孟寰
作　　　詞｜林孟寰、MC JJ、雷　昇
音樂總監暨樂團指揮｜郭孟玟
編　　　曲｜邱沁瑜（Emily Chiu）

音樂劇《熱帶天使》中劇場版
2022/6/11-12 臺中國家歌劇院中劇院

主 辦 單 位｜臺中國家歌劇院
製 作 單 位｜製作循環工作室
製 　 作 　 人｜林家文
執 行 製 作 人｜陳菁蕙
導 　 　 　 演｜陳仕瑛
肢 體 設 計｜葉名樺
舞 台 設 計｜林仕倫
燈 光 設 計｜周佳儀
服 裝 設 計｜林玉媛
音 場 設 計｜蔡鴻霖
歌唱詮釋指導｜魏世芬
表 演 指 導｜林子恆
台 語 指 導｜林瑞崐、周浚鵬
戲 劇 顧 問｜吳政翰
文 學 顧 問｜吳　櫻

演　　　員｜林子恆　飾　作家

　　　　　　于浩威　飾　林逸平

　　　　　　李　曼　飾　賴莎琳

　　　　　　葉文豪　飾　松永

　　　　　　林姿吟　飾　安子

　　　　　　辰亞御　飾　雪子

　　　　　　蘇志翔　飾　吉本

　　　　　　周宛怡　飾　安琪、小偷

　　　　　　藍紫綾　飾　千鶴（兼歌隊）

　　　　　　陳意涵　飾　月里（兼歌隊）

歌　　　隊｜王浩全、吳子齊

代 排 演 員｜何冠儀、周浚鵬

現 場 樂 手｜王鈺淩（大提琴）、朱晏辰（鋼琴）、李昀潔（小提琴）、徐崇育
　　　　　　（低音提琴）、張幼欣（打擊）、郭孟玫（鋼琴）、陳聖恩（吉他）

音樂劇《熱帶天使》獵女犯 1940s

2023/5/5-5/7　臺北表演藝術中心大劇院

2023/07/29-30 臺中國家歌劇院大劇院

2023/12/02-03 高雄衛武營國家藝術中心戲劇院

主 辦 單 位｜樂劇創製股份有限公司

製　 作　 人｜王文健

導　　　演｜林孟寰

副導演暨動作設計｜李羿璇

舞 台 設 計｜劉達倫

燈 光 設 計｜鄧振威

影 像 設 計｜徐逸君

服 裝 設 計｜林秉豪、吳映叡

音 效 設 計｜卓士堯

音 場 設 計｜蔡鴻霖

腔 調 設 計｜林瑞崐

歌唱詮釋指導｜魏世芬

表 演 指 導｜姚坤君

台 語 指 導｜黃郁盛、周浚鵬

演　　　員｜楊　烈　飾　作家

　　　　　　于浩威　飾　林逸平

　　　　　　李　曼　飾　賴莎琳

　　　　　　何冠儀　飾　賴莎琳（高雄場）、月里（台北場）

　　　　　　葉文豪　飾　松永

　　　　　　林姿吟　飾　安子

　　　　　　辰亞御　飾　雪子

　　　　　　陳品伶　飾　雪子（台中場）

　　　　　　林玟圻　飾　吉本

　　　　　　謝孟庭　飾　吉本（台中場）

　　　　　　邱德朗　飾　小偷（台北場、高雄場）

　　　　　　林品彤　飾　小偷（台北場、台中場）

　　　　　　藍紫綾　飾　安琪、千鶴（兼歌隊）

　　　　　　周宛怡　飾　阿惠（兼歌隊）

　　　　　　蘇育玄　飾　月里（兼歌隊）

　　　　　　李妖翮　飾　安琪女兒

歌 隊 演 員｜王浩全、邱忠裕、周浚鵬（高雄場）、程珉（台北場、台中場）、吳子齊、賴沅汰、雙伊蓮、鄭景文

現 場 樂 手｜王鈺淩（大提琴）、朱晏辰（鋼琴）、李昀潔（小提琴）、朱奕寧（小提琴，台中場）、鄭乃涵（低音提琴）、王群婷（低音提琴，台中場）、張幼欣（打擊）、巫康裘（吉他）

晨星文學館068

熱帶天使
Tropical Angels

文　　字	林孟寰
攝　　影	林政億、蔡之凡
主　　編	徐惠雅
校　　對	林孟寰、徐惠雅
台文審定	黃郁盛
美術編輯	張芷瑄

創辦人	陳銘民
發行所	晨星出版有限公司
	407台中市西屯區工業區三十路1號1樓
	TEL：04-23595820　FAX：04-23550581
	Email：service@morningstar.com.tw
	http://www.morningstar.com.tw
	行政院新聞局局版台業字第2500號
法律顧問	陳思成律師
初　　版	西元2023年12月06日

讀者專線	TEL：02-23672044／04-23595819#212
	FAX：02-23635741／04-23595493
	E-mail: service@morningstar.com.tw
網路書店	http://www.morningstar.com.tw
郵政劃撥	15060393（知己圖書股份有限公司）
印　　刷	上好印刷股份有限公司

定價　**480**　元

ISBN　978-626-320-691-5
Published by Morning Star Publishing Inc.
Printed in Taiwan

線上回函

國家圖書館出版品預行編目資料

熱帶天使 = Tropical angels/林孟寰著. -- 初版. -- 臺中市：
晨星出版有限公司, 2023.12
　　面；　公分. -- (晨星文學館；68)

ISBN　978-626-320-691-5(平裝)

863.54　　　　　　　　　　　　　　112018506